U0625159

青少年财智故事汇

CAIZHI GUSHIHUI

韩祥平　编著

让青少年

学会感恩的精彩故事

北京出版集团

北京出版社

图书在版编目（CIP）数据

让青少年学会感恩的精彩故事／韩祥平编著．— 北京：北京出版社，2014. 1
（青少年财智故事汇）
ISBN 978 - 7 - 200 - 10301 - 4

Ⅰ．①让… Ⅱ．①韩… Ⅲ．①故事—作品集—世界 Ⅳ．①I14

中国版本图书馆 CIP 数据核字（2013）第 282797 号

青少年财智故事汇
让青少年学会感恩的精彩故事
RANG QING-SHAONIAN XUEHUI GAN'EN DE JINGCAI GUSHI
韩祥平　编著

*
北 京 出 版 集 团
北 京 出 版 社 出版
（北京北三环中路6号）
邮政编码：100120

网　址：www. bph. com. cn
北 京 出 版 集 团 总 发 行
新 华 书 店 经 销
三河市同力彩印有限公司印刷
*
787 毫米×1092 毫米　16 开本　12 印张　170 千字
2014 年 1 月第 1 版　2023 年 2 月第 4 次印刷
ISBN 978 - 7 - 200 - 10301 - 4
定价：32. 00 元
如有印装质量问题，由本社负责调换
质量监督电话：010 - 58572393
责任编辑电话：010 - 58572775

前言　让感恩的心，传播生命正能量

"两弹一星元勋"邓稼先，中国核武器理论研究工作的奠基者和开拓者，研制和发射原子弹、氢弹的主要技术领导人之一。

新中国成立之际，一心想报效祖国的邓稼先放弃了国外优裕的生活条件和个人学术上的发展前景，于1950年毅然回国，他是第一批回国的旅美留学生之一。

在祖国处于困难和危险的时期，邓稼先和数千名科技人员挑起了历史重担，义无反顾，在戈壁荒漠上研制"两弹一星"，终于创造了使中华民族扬眉吐气的第一颗原子弹、第一颗氢弹的成功爆炸和第一颗人造卫星的成功发射的丰功伟绩。

是啊，没有一颗对祖国感恩的心，又怎么能有如此的坚决与成就呢？

热爱生命，是生命的概括，是精神的升华。热爱，能使生命永远充满活力。有感恩的心，我们便对所有生命中所有的日子都心存热爱，然后投入所有激情、所有心智，用一生的热情和执着浇灌勃勃生命，让它如花儿般绽放。感恩生命，热爱生命，能使每一个平凡的日子展现出动人的风采。

感恩，让人拥有积极向上的思维方式，而不是一味地消极度过。当一个人怀着感恩之心生活时，他会将感恩化作一种淡定的神态、清晰的思考力、果断的判断力，以及充满力量的行动力。而这种积极与努力，将同样会换来生活的适时回报，有人说得好，感恩本身便是一种积极的良性循环。

《幸福史》的作者达林·麦克马洪博士说："问你自己幸福不幸福，你会觉得不幸福。"为什么？或者，因为你没有一颗感恩的心罢了。罗伯特·埃蒙斯博士表示，有一些简单方法能帮助人们克服消极情绪、增强幸福感。感恩便是其中一个。他比喻道："人们在寻找幸福的时候就像打网球似乎需要一个决胜分，一种遗传基因给予的领悟能力。"罗伯特·埃蒙斯博士在他的著作《感恩是如何让你更幸福的》中说，经常有感恩表现的人，决胜分会高出 25%。他在研究中发现经常记感恩日记的人对自己的生活感觉更好，感恩表现越多，人越是乐观。

诚然，如果这个世界上没有阳光，那植物都将枯萎；如果这个世界上没有爱心，人类将生活在一片孤寂和黑暗中；如果一个人没有感恩之心，他就不会在挫折面前积极选择自己的人生，消极度日，终无所成。其实，积极的人像太阳，照到哪里哪里温暖又明亮。消极抱怨的人像月亮，带不来温暖的光。

青少年朋友如果拥有一颗感恩的心，便拥有了打败消极的力量，用积极重塑一个健康向上、勇往直前的人生。

感恩是人类千年传唱的美德，洋溢着浓浓人性气息，感恩之情经久不衰。一个懂得感恩的人，会珍惜周遭的一切，并且生活得积极而快乐。英国的塞缪尔·约翰逊博士有一句名言："感恩是伟大教养的果实，你不会在粗俗的人们中间发现这种品质。"

感恩还是一种生活态度，一种处世哲学，一种智慧品德。感恩是一种境界。学会感恩，这是立身做人的要求。青少年朋友们，感恩不同于一般的知恩图报，而是跳出狭隘的视野，追求健全的人格，坚定崇高的信仰，树立远大的理想。不但关心自我，注重个性发展，更关心他人、社会、国家、民族和人类的进步事业。感恩需要砥砺德行，自觉培养良好的道德和高尚的情操。不仅学会如何做事，更要学会如何做人。

常怀感恩之心，人与人之间就多一些融洽，少一些隔阂；多一些团结，少一些摩擦；多一些理解，少一些埋怨。给别人掌声，自己周围便掌声响起；给别人机会，成功正在向自己走近；给别人关照，就是关照自己。感恩学校，感恩社会，感恩父母，感恩他人……让我们在感恩中，不断提升自身的修养和境界，不断服务社会、回报人民、担当责任，做一个让他人尊敬、令亲人自豪、受社会称道的人。

青少年朋友，千万不要小看了感恩的力量，感恩是一种责任、一种自立、一种自尊和追求、一种阳光人生的精神境界，读懂感恩，践行感恩，是我们在学习和生活中实现自我价值、创造社会价值的根本源泉。

"为了看看阳光，我来到这世上。"巴尔蒙特如是说。

"我来到这世上是为见到太阳和高天的蓝辉。我来到这世上是为见到太阳和群山的巍峨。我来到这世上是为见到大海和谷地的多彩。我把世界圈于一瞥之内，我是它的主宰。我建立起我的幻想后战胜冷冰冰的忘怀。"

就让我们再一次在静谧中倾听自己心灵深处的渴望吧，那些美好和热爱的，凡是我们拥有的，我们都将感谢他们，感恩他们。

"感谢阳光，沐浴心房；感谢天地，给我宽广；感谢鸟语花香，给我美妙；感谢知己相逢，给我快意；感谢生命赐予，给我享受；感谢今天拥有，给我美好；感谢云淡风轻，给我坦然……"

目　录

第一章

感恩是生命的滋养

感恩犹如心灵的泉水，它源源不断地滋润着我们的心田，让生命充满生机，遍洒阳光，让每个人享受生活的美好和幸福。

在我们的心底，汹涌着那么清澈的感恩之泉，是我们常常忽略了它的存在。当我们看到别人受苦受难时，当有人施恩于自己时，那颗感恩的心便会在爱心的浇灌下自然萌发。

感恩即是灵魂上的健康

有一个善良的人，死后升上天堂，做了天使，为此他非常感激。他当了天使后，仍时常到凡间帮助人，希望能多做点善事。

一日，天使遇见一个农夫，农夫的样子非常苦恼。农夫向天使诉说："我家的水牛刚死了，没它帮忙犁田，那我怎能下田耕作呢？"

于是天使赐给他一只健壮的水牛，农夫很高兴，天使在他身上感受到了幸福的味道。

又一日，天使遇见一个流浪者，流浪者非常沮丧地向天使诉说："我的钱被骗光了，没盘缠回乡。"

于是天使给他银两做路费，流浪者很高兴，天使在他身上感受到了幸福的味道。

又一日，天使遇见一位作家，作家年轻、英俊、有才华且富有，妻子貌美而温柔，他却过得不快活。

天使问他："你不快乐吗？我能帮你吗？"

作家对天使说："我什么都有，只欠一样东西，你能够给我吗？"

天使回答说："可以。你要什么我都可以给你。"

作家直直地望着天使："我要的是幸福。"

这下子把天使难住了，天使想了想，说："我明白了。"

于是，天使把作家所拥有的都拿走了，拿走作家的才华，毁去他的容貌，夺去他的财产和他妻子的性命。天使做完这些事后，便离去了。

一个月后，天使再次回到作家的身边。

作家已经饿得半死，衣衫褴褛地躺在地上挣扎。

于是，天使把他的一切还给了他。然后，又离去了。

半个月后，天使再去看望这位作家。

这次，作家搂着妻子，不住地向天使道谢。

因为他懂得感恩他所拥有的东西，他得到幸福了。

★☆智慧感悟☆★

感恩就是对于别人所给的帮助表示感激。感恩是一种处世哲学，是生活中的大智慧。

一个人要对昨天的日子感到快乐，对明天感到有信心，并时刻拥有一颗感恩的心，如果做到这样那就是幸福的了。

感恩的同时，只有你付出爱心，你才能收获希望，在别人困难的时候，毫不犹豫地伸出援助的双手，在别人迷茫无助时，敞开怀抱让他们依靠……无私奉献你的爱，你收获的将是别人的感动和铭记，还有自己一颗满足而幸福的心和一个饱满的未来。

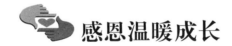 **感恩温暖成长**

一

特蕾莎的童年正值第一次世界大战的混乱时期，但坚强的父母用慈爱给3个孩子筑起了一道坚实的屏障，使他们即使在动荡的战争年代，也能生活在阳光般的温暖与安宁的环境里。其实，我们也是生活在这样的环境里。如果我们感觉不到，那一定是心里的那个"我"长得太大了，以致遮蔽了我们感受爱的能力，忘记了感恩。

有一次，特蕾莎修女从一条豺狗的嘴里拖出了一个新生的孩子——他被丢在一个垃圾堆里。两个来自欧洲的义工与特蕾莎修女一同经历了那件极其可怕的事，她们终生难忘。这个不幸的小生命在特蕾莎修女的怀里并没有存活多久就死去了。

但特蕾莎修女说：即使他们一小时后就死了，我们也要收留他们，我们有这个责任。这些婴儿不能没人照顾，无人疼爱，即使是小婴儿也能感受到爱。

二

一个来自贫困山区的女孩有幸考上了重点大学，不幸的是父亲在她进校不久遇车祸身亡，家中无力供她上学，在她准备退学回家时，社会给了她关怀，老师和同学们也慷慨捐款捐物。大家的赠物，她舍不得使用，藏在箱子里。

每天打开箱子看看这些赠物，就想到自己周围有那么多的关怀、爱心，心中就不由得产生出一种感激之情和责任意识，它们驱使她去战胜困难，顽强拼搏。

这个在物质上贫困的女孩，在精神上却是很富有的。她心怀感恩，终于读完了大学，还以优异的成绩留学美国。她说："大家给我的一切，是我的精神财富，永远留在我的心里。我要努力学好本领，有责任回报祖国，回报父老乡亲。"

人若有了感恩之情和责任意识，就像这位女孩，生命就会时时得到滋润，并时时闪烁纯净的光芒。

★智慧感悟★

感恩温暖成长，责任催促成长。古希腊神话中说，人的一生都在赶路，肩上担负着家庭、朋友、儿女、事业、希望等，虽然很辛苦，但不能丢弃其中的任何一件，因为它们都代表着人生的责任。

想想在我们的成长过程中，曾得到了多少人的关爱、教育与帮助，对此，我们应该懂得感恩，回报身边的每一个人。

感恩可以将他人的关爱化成我们成长的动力。我们每个人都应该明白，生命的整体是相互依存的。无论是父母的养育、师长的教诲，还是配偶的关爱、他人的服务、大自然的慷慨赐予……

人自从有了自己的生命，便沉浸在恩惠的海洋里。一个人真正明白了这个道理，就会感恩大自然的福佑，感恩父母的养育，感恩社会的安定，感恩食之香甜，感恩衣之温暖，感恩花草虫鱼，感恩苦难、逆境，就连自己的敌人也不忘感恩。

说到不如做到，现在就让我们快快行动起来吧！心存感激，肩负责任，做个最好的自己，对自己负责，对他人负责，对社会负责！

 **珍惜现在的一切**

一

1990 年，在特蕾莎修女健康状况严重恶化的情况下，教皇接受了特蕾莎修女的辞职请求。在举行继承人选举前，她给仁爱传教会全体成员写了一封感谢信："希望这封信能将我的祝福带给你们每个人——我爱你们每个人，感谢你们每个人，因为你们40年来一起和穷人分享着你们的快乐……"

在她生命的最后一天，她真诚地感谢那些照顾她的修女们，因为这些修女让她在生命的最后一刻仍然觉得很幸福。

特蕾莎修女的一生看到了太多的穷人、病人、死人。所以，她更明白一个道理：珍惜现在的幸福。

二

卡耐基的著作中有这样一个十分感人的故事。故事的主人公是一位名叫波姬儿的女教授，她是一位充满勇气、坚强乐观的女性，她写过一本自传体的书，书名叫《我希望能看见》。

她在书中这样写道："我有一只眼睛，却又布满伤痕，只能奋力通过眼睛左边的一小部分看东西。念书的时候，我得把书本举到眼前，并且用力把眼珠挤到左边去。"可是她拒绝接受别人的怜悯，不愿意让别人认为她"异乎常人"。

小时候，她渴望和小朋友做游戏，但苦于看不清地上画的线。当别的孩子回家后，她趴在地上认准地上的线，等下次再和小伙伴玩儿。

她在家里看书，把印着大字的书靠近她的脸，达到眼睫毛都碰到书页上。她得到两个学位：先在明尼苏达州立大学得到学士学位，再在哥伦比亚大学得到硕士学位。

她开始教书的时候，是在明尼苏达州双谷的一个小村子里，然后渐渐升到南德可塔州奥格塔那学院的新闻学和文学教授。她在那里教了13年，也在很多妇女俱乐部发表演说，还在电台主持谈书本和作者的节目。

"在我的脑海深处，"她写道，"常常怀着一种怕会完全失明的恐惧，为了要克服这种恐惧，我对生活采取了一种很快活而近乎戏谑的态度。"

1943年，波姬儿已是52岁的老妇，奇迹出现了！著名的"美友医院"为她做了一次成功的手术。她看得见了，比她以前所能看到的还要清楚几十倍！

一个崭新的、令人兴奋的可爱世界呈现在她眼前。现在，她甚至在厨房水槽洗碗的时候，都会有战栗的感觉。

"我开始玩着洗碗盆里的肥皂泡沫，"她写道，"我把手伸进去，抓起一大把小小的肥皂泡沫，我把它们迎着光举起来。在每一个肥皂泡沫里，我都能看到一道小小彩虹闪出来的明亮色彩。"

★☆★ **智慧感悟** ★☆★

幸福本没有绝对的定义，许多平常的小事往往能撼动你的心灵。能否体会幸福，只在于你的心怎么看待。要想拥有幸福的生活，就要怀有一颗感恩的心。

感恩，不仅感谢帮助我们的人，更要感谢曾经以及现在拥有的一切。

世界无限大，而我们能够拥有生命、健康的体魄，享受食物、阳光，拥有家人的爱，还有一个光明的未来，不是值得感激吗？

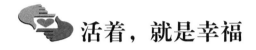 # 活着，就是幸福

有位青年，厌倦了生活的平淡，感到一切只是无聊和痛苦。为寻求刺激，青年参加了挑战极限的活动。活动规则是一个人待在山洞里，无光无火亦无粮，每天只供应5千克的水，时间为整整5个昼夜。

第一天，青年颇觉刺激。

第二天，饥饿、孤独、恐惧一齐袭来，四周漆黑一片，听不到任何声响。于是他有点向往起平日里的无忧无虑来。他想起了乡下的老母亲不远千里地赶来，只为送一坛韭菜花以及小孙子的一双虎头鞋。他想起了终日相伴的妻子在寒夜里为自己掖好被子。他想起了宝贝儿子为自己端的第一杯水。他甚至想起了与他发生争执的同事曾经给自己买过的一份工作餐……渐渐地，他后悔起平日里对生活的态度来：懒懒散散，敷衍了事，冷漠虚伪，无所作为。

到了第三天，他几乎要饿昏过去。可是一想到人世间的种种美好，便坚持了下来。第四天、第五天，他仍然在饥饿、孤独、极大的恐惧中反思过去，向往未来。

他责骂自己竟然忘记了母亲的生日；他遗憾妻子分娩之时未尽照料义务；他后悔听信流言与好友分道扬镳……他这才觉出需要他努力弥补的事情竟是那么多。可是，连他自己也不知道，他能不能挺过最后一关。此时，泪流满面的他发现洞门开了。阳光照射进来，白云就

在眼前，淡淡的花香，悦耳的鸟鸣——他又迎来了一个美好的人间。

青年扶着石壁蹒跚着走出山洞，脸上浮现出了一丝难得的笑容。五天来，他一直用心在说一句话，那就是："活着，就是幸福。"

智慧感悟

哲人说，活着就是一种幸福，一语道出了多少感恩之情，多少对生命的热爱！感恩生命，让我们还好好地活着，可以享受爱，也可以为别人奉献自己满满的爱。想想看，在我们所处的世间，还有很多地方正在经历战争或恐怖袭击，这些地方的人们生命随时受到威胁，相比他们，我们现在的生活有多么优裕，活着有多么幸运。可以闻淡淡的花香，听悦耳的鸟鸣，沐浴在温暖的阳光里，见亲爱的人。这种幸福，谁赋予了我们不去珍惜的权利？

敬畏生命

一

家住东北某省的黄女士一天去赶集，在集市上，她看见有人在卖1只受伤的大雁，那只大雁看见她，用一种可怜求生的目光凝视着她，发出声声悲惨的叫声，朴实善良的黄女士顿时生出怜悯之心，于是，决心救出这只可怜的大雁。

她一咬牙，用身上仅有的300元买下了这只大雁，带回家里经过精心的治疗，大雁康复了，从此，大雁与她结下了不解之缘，她走到哪里大雁就跟到哪里，形影不离。

一段时间后，大雁的伤情完全好了起来，黄女士准备把它重新放飞，谁知三天后它又飞了回来，还领来了另 1 只大雁，原来这只大雁舍不得这个恩人，把这里当作了自己的"家"，每当黄女士回家，都能听到满院子的大雁的生机勃勃的叫声，就像在演奏一首首交响乐。

一直到了深秋，大雁不得不飞向南方过冬了，但大雁们依然依恋着黄女士。

黄女士心想：它们得去寻找属于自己的天空了，但愿它们今后还会找到这个"家"。于是她将大雁放飞，大雁似乎也懂得她的意思，飞上蓝天后，加入了另一支雁队，一起向南方飞去。

二

多年前，一群猎人把一群羚羊赶到了悬崖边，准备全部活捉。

就在羚羊走投无路的时候，只见羚羊群自动分成了两类。老羚羊为一类，幼小羚羊为一类。接着，1 只老羚羊快速走出来，朝着 1 只小羚羊群叫了一声。

只见这只小羚羊应声跟老羚羊走到了悬崖边。小羚羊后退了几步，突然朝前奔向悬崖对面；紧接着，老羚羊也飞跳出去，只是跃起的高度要低一些。

当小羚羊在空中向下坠时，奇迹出现了：老羚羊的身体刚好出现在小羚羊的蹄下，小羚羊在老羚羊背上猛蹬一下，整个下坠的身体又突然升高，恰巧落在了对面的悬崖上，那只老羚羊就像 1 只断翅的鸟儿，笔直地坠入山涧。

老羚羊用这种方法成功挽救了小羚羊，紧接着，1 只老羚羊引领 1 只小羚羊凌空腾起，用同样的方式把小羚羊送到了悬崖对面。它们没有拥挤，没有争夺，秩序井然，快速飞跃。刹那间，山涧上空画出了一道道令人眼花缭乱的弧线，那弧线是一座座以老羚羊的死亡做桥墩的生命桥。

这神圣的一幕惊呆了猎人们，他们不由自主地放下了猎枪，向羚羊们致敬。

☆智慧感悟☆

事实证明动物也有感情，知道感恩图报这个朴素的道理，伤害动物也就是伤害我们自己，对我们人类没有益处，善待动物，就是善待人类自己。

这个世界之所以丰富多彩，是因为自然界万物生灵的存在，它们不仅仅是人类的朋友，更是与人类一样平等的生命，它们也有个性、有灵魂。

人类应该警醒了，为我们共同生活在这个世界上而心存感恩吧！把保护自然生灵当作自己义不容辞的责任，只有一个人与自然和谐相处的世界才是多姿多彩的，我们每个人都应该为此努力。

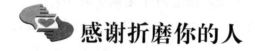

感谢折磨你的人

有一个叫乔治的厨师在某个有名的度假村工作。

每到周末，是乔治最忙碌的时候。这天，乔治正在厨房紧张切薯条，突然，一位服务生端着一个盘子急匆匆地走进厨房："乔治先生，有位客人点了这道'油炸马铃薯'，他抱怨切得太厚了，要求再切薄些！"

乔治看了一下盘子，跟以往的油炸马铃薯并没有什么不同，但仍按客人的要求将马铃薯切薄些，重做了一份请服务生送去。

不到两分钟，服务生端着盘子气呼呼地走回厨房，对乔治说："真是一位挑剔的客人，我想他一定是生意上或生活上遭遇什么困难了，然后将气借着马铃薯发泄在我身上。他对我发了顿牢骚，还是嫌切得太厚。"

忙碌的乔治也很生气，他从没见过这样的客人！但他还是忍住怒气，静下心来，耐着性子将马铃薯切成更薄的片状，之后放入油锅中炸成诱人的金黄色，捞起放入盘子后，又在上面撒了些盐，然后第三次请服务生送过去。

不一会儿，服务生仍是端着盘子走进厨房，但这回盘子里空无一物。服务生高兴地对乔治说："客人满意极了。餐厅的其他客人也都赞不绝口，他们也要再来几份。"

从此以后，乔治的这道薄薄的油炸马铃薯成了他的招牌菜，慢慢传开后变成了洋芋片，并发展成各种口味，今天已经是世界各国都喜爱的休闲零食了。

★智慧感悟★

有很多事情就是这样，看似糟糕，只要你耐着性子认真对待，哪怕再坚持几秒钟，往往就会获得意想不到的惊喜。

不管是否出于本意，对那些为难你的人和事，都可以尝试着怀抱一颗感恩和理解的心，把它想成是一个提高自己的机会，那样的话，不论怎样的难题摆在面前，都不能将你难倒，反而会增加你的本领，你的生活也会因此平添更多的乐趣。

从这个意义上说，正是为难我们的人将成功赐予了我们，只是这成功的获得是先苦后甜而已。

感恩自然的美

一次，在旅行途中，他恰好坐在一位年迈的妇人旁边，这位老妇人时不时地从敞开的窗户中探出身去，从一个瓶子中把一些看似粗大的盐粒撒在路上。当她撒完了一个瓶子之后，又从手提包里把瓶子灌满，接着继续撒。

听他讲述这一经历的一个朋友认识这位老妇人，并告诉他，这位老妇人极其热爱大自然，非常喜欢鲜花，并且一贯遵循一个信念："请在你旅途所经之处播撒鲜花的种子，因为你可能永远都不会在同样的路上再次旅行。"

通过在自己的旅途中播撒鲜花的种子，这位老妇人为原野增添了无限的美丽。正是由于她热爱美、传播美，使得许多道路两侧鲜花缤纷，生机盎然，令寂寞的旅人耳目一新。

智慧感悟

可见，对于那些懂得欣赏自然之美的人们来说，融入大自然的怀抱就像是走进了一座巨大而精美的、弥漫着优雅和魅力的宫殿。原来，展现在我们眼前的大自然，是这样庄严、美丽、可爱。而有幸置身于其中的我们，又怎能不像喝了醇酒一般心旷神怡呢？但是，这种美丽和恬静是无法靠金钱来换取的，只有那些与大自然的脉搏一起跳动、心中充满了温情和爱的人们，才能真正地发现它们，欣赏它们，并拥有它们。

第二章

感恩是一种责任

有爱就有感恩，学会感恩，才会担当责任。

也许我们永远也不会忘记，在 2008 年抗击冰冻雪灾中，有一句感人肺腑的话："有爱就有感动，感动是一种责任！"对我们每个青少年来说，感恩是一种爱，是一种对爱的追求、对善的坚守；感恩也是一种对生命的尊重、对责任的执着。

当我们懂得感恩的同时，必定同时要将责任的行囊背在肩上，否则感恩就只是一句挂在嘴边的空话，平淡无奇，苍白无力。

只有责任映衬下的感恩才绚烂无比。

责任藏于感恩

一

很久以前，有一个寺院的方丈给寺院立了一条规矩：每年年底的时候，寺院里的和尚都要对方丈说两个字。

很快到了第一年年底，这天，方丈问一个新和尚最想说的是什么，新和尚脱口而出："床硬。"

到了第二年年底，方丈又问这个和尚最想说什么，他很生气地说："饭差。"

第三年年底的时候，还没等方丈提问，这个和尚开口说道："告辞。"

满嘴叹息的方丈望着和尚离去的背影摇头道："心中有魔，难成正果，可惜可惜啊。"

这个和尚心中的"魔"是什么呢？原来，"魔"就是他从不去想自己得到了什么，从而去感激，而是一味地抱怨自己的需求没有得到满足。只知索取，不知回报，更说不上感恩与回报他人了。

二

曾经有这样一个男孩，当他还是一个孩子的时候，就承担起照顾妹妹的责任，就要撑起困境中的家庭，就要学会友善、勇敢和坚强。

这个男孩，就是 2005 年度感动中国人物之一，带着妹妹上大学的洪战辉。

当年，患了间歇性精神病的父亲，从外面捡回一个刚出生 100 多天的妹妹。一年后，洪战辉的妈妈离家出走，当时洪战辉只有 13 岁。

为了抚养年幼的妹妹并照顾患病的父亲，洪战辉只得一边打零工维持生活和自己的学业，他用 13 岁单薄的肩膀担起整个家庭的重担。

这一担，就是 12 年。

艰难的生活让他一天天懂事起来，他在贫困中求学，在艰辛中自强。因为心中有爱，有责任，今天的洪战辉已经成长为精神上的强者。

★★★★智慧感悟★★★★

在成长的路上，不仅要学会感恩，更要承担起责任。不能像故事中的和尚，只知道抱怨他人，不知道从自己身上找原因，最后问题会依然存在。

感恩，不仅是美德，而且是一个人为人的基本条件。大家不要忘了感谢你周围的人，感谢你的朋友、亲人和老师，感谢你的家人。

你在感恩的同时，责任便相伴而生了。

懂得感恩，就是责任

汶川大地震发生的瞬间，北川中学的学生李阳因为正在县礼堂进行街舞表演而躲过一劫。而就在此时，北川中学已被夷为平地。

剧烈的震颤之后，周围稍稍平静下来，李阳发现自己竟然还活着，他为自己庆幸的同时，更多地担心起老师和同学的安全。

不容多想，李阳开始以百米冲刺的速度向着学校飞奔。

面对惨况，李阳只想着能救出更多的老师、同学。他亲手从废墟中挖出了同在一所学校读书的表妹的尸体。余震不断，废墟随时可能再次发生垮塌，可李阳顾不得那么多了，活着就有责任给更多人带来生的希望！看着救援人员和医护人员紧张地忙碌，李阳也冲上了瓦砾堆。突然，他听见石板下传来了呼救的声音——那里还有人！

当他走近细瞧时，才发现被压在石板底下的竟然是自己的好兄弟廖波。

由于被石板压住了腿部，廖波暂时无法被救出，闻讯赶来的医护人员为他打上了点滴。因为还有太多的伤者需要救助，医护人员无法停下脚步照料廖波，李阳立即承担起手举吊瓶的重担。李阳一直守在廖波旁边，不断地鼓励他，直到他成功获救。

李阳手举吊瓶的姿势被定格在香港5月14日《明报》的头版：一位阳光少年手举输液袋屹立于废墟上，他神色凝重，眼中写满了担忧，但是举着输液袋的手是异常的坚毅，仿佛托举着那一片蓝天。

关于理想，李阳说自己的目标是考入上海交大。

"这是我和表妹都想考的学校，而表妹已经离开了……"说到这里，李阳的脸上蒙上了悲伤的阴影，他又补充说："这是为了两个人的目标！"

★智慧感悟★

懂得感恩，才会勇于担当。对于年轻的李阳来说，他做到了。

有人说，生活时刻需要感恩。就像在汶川地震后的救灾现场，人们惊讶地看到一群唐山人的身影。他们没有忘记祖国人民对1976年唐山大地震的无私援助，他们知道自己身上肩负的沉甸甸的责任，如今，他们带着感恩的心来到四川灾区，勇敢地担负起抗震救灾的责任。

从现在开始，让我们每个人都用感恩的心去对待生活，勇敢地挑起肩上的责任吧！

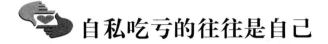# 自私吃亏的往往是自己

"妈妈，我可以去树林中采草莓吗?"一个夏天的早晨，艾米丽问妈妈。

"可以，不过你必须带着罗弗一起去。"妈妈说。

罗弗是她们家的狗，它已经跟随艾米丽3年了。

艾米丽高兴极了，妈妈做的早饭她只吃了两口就出发了。她不用担心自己会饿，因为妈妈把她的午饭装在一个铁盒子里给她带上了。

到了树林里，艾米丽采草莓，罗弗不安宁地到处乱跑，一会儿追松鼠，一会儿又是追兔子，玩得可高兴了。但它总是与自己的小主人保持一定的距离，以免她发生什么意外。

中午的时候，艾米丽饿了，因为她早饭吃得太少，所以把铁盒子里的饭全部吃完了。

等到罗弗回来的时候，盒子已经空了。艾米丽一点儿饭也没有给罗弗留下。

吃完饭后，艾米丽又开始采草莓，很快她就把自己的筐子装满了，于是她决定要回家了。就在她要走出树林的时候，1条大蛇停在了她的前面，吓得她惊叫起来。这时，勇敢的罗弗跳到蛇身上，一口就把蛇的脖子咬断了。

它回到主人身边，用头蹭着主人的手，似乎在询问艾米丽有没有受伤。艾米丽搂着罗弗的脖子，哭着说:"亲爱的罗弗，我以前太自私了，对不起。"

罗弗才不会那么小心眼呢! 它在草地上跳来跳去，似乎什么也没有发生。

智慧感悟

一个自私自利的人，往往缺乏的就是感恩心，一般是不懂得与人分享的人，自私的毒草在他们的心上疯长。从眼前来看，他们不会失去什么，若从长远看，不能与人分享的人生其实是一种惩罚。

萧伯纳曾经说过："你有一个苹果，我有一个苹果，彼此交换，每个人只有一个苹果。你有一种思想，我有一种思想，彼此交换，每个人就有了两种思想。"感激你所拥有的，分享你能与人分享的，就能获得别人不能获得的快乐。

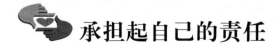

承担起自己的责任

格里姆是个20多岁的英国小伙子，几年前他在大城市的一家裁缝店学成出师，来到美国堪萨斯州一个城市开了一家自己的裁缝店。由于他做活认真，价格又便宜，很快就声名远扬，许多人慕名来找他做衣服。

格里姆非常感激这些顾客，所以他决定一定要把工作做到最好，以回报他们。

周末的一天上午，风姿绰约的林达女士让格里姆为她做一套晚礼服。等格里姆做完的时候，发现袖子比林达女士要求的长了半寸，但林达女士马上就要来取这套晚礼服了。格里姆已经没有时间去修改了。

大约半小时后，林达女士便来到了格里姆的店中。她穿上了晚礼服在镜子前照来照去，同时不住地称赞格里姆的手艺，于是她按说好的价格付钱给格里姆。没想到格里姆竟坚决拒绝，林达女士非常纳闷。

格里姆解释说："太太，我不能收您的钱。因为我把晚礼服的袖子做长了半寸。为此我很抱歉。如果您能再给我一点儿时间，我非常愿意把它修改到您需求的尺寸。"

听了格里姆的话后，林达女士一再表示她对晚礼服很满意，她不介意那半寸。但不管林达女士怎么说，格里姆无论如何也不肯收她的钱，最后林达女士只好让步。

去参加晚会的路上，林达女士对丈夫说："格里姆以后一定会出名的，他勇于承认错误、承担责任以及一丝不苟的工作态度让我震惊。"

林达女士的话一点儿也没错。后来，格里姆果然成了一位世界闻名的高级服装设计大师。

★智慧感悟★

故事中格里姆之所以坚持这么做，是责任给了他这份勇气。在顾客面前，敢于袒露自己的不足并承担起这份责任，这就是落实责任的力量。

生活中，我们每个人都面临着对学习、对家人、对亲戚朋友的责任，责任是一种无形的动力，它激励着我们不断向前，向着自己必须承担的必须肩负起的事情迈进。落实责任就是我们对他们最好的感恩和报答。

落实责任可以使人更加优秀，可以让我们的行动更加积极。一个有责任心的人无论走到哪里都会获得人们的尊敬，一个心怀感恩并落实责任的人无论做什么事情都会让人放心。

多从自己身上找原因

有两位最好的朋友在沙漠旅行中迷失了方向，即将面临死亡。这时，天神出现了："我的孩子，前面一棵树上有两个果子，吃下大的那个，就能抗拒死亡，走出沙漠；而小的那个，只能令你苟延残喘，最终还会极痛苦地死去。"

没过多久，两个朋友果然发现了1棵树，也发现了树上挂着两个果子。可是，他们谁也不去碰那个会给一个人带来生命之光的果子。夜深了，两个好朋友深情地凝望着对方，他们都相信，这是他们的最后一晚。

第二天，当太阳从沙漠的一端再次升起的时候，其中一个朋友醒过来，他发现，朋友走了，而树上只剩下1个干巴巴的小果子。他失望极了，不是因为自己面临的死亡，而是因为朋友的背叛。

他非常悲愤地吃下了这个果子，继续向前方走去。大约走了十几分钟，他看见了倒在地上的朋友，朋友已经停止了呼吸，他的手里紧紧握着1个更小的果子。

智 慧 感 悟

有时，出于对自我的保护，我们常会不自觉地将生命中的其他人放到自己的对立面，猜疑与不信任由此产生，可最后的真相又会让我们禁不住大吃一惊。

常感他人之恩，常责己身之过，是一门极为朴素的人生哲理，它教我们去品味人性中美好的一面，避免因为邪恶的意念造成不必要的误解和悔恨。

故事中那位沙漠中的旅行者，发现朋友离开之后，第一个念头就是朋友吃掉了较大的果子，背弃了自己。当最后了解了真相之后，他一定会为自己的想法感到羞愧和悔恨。

所以，当一件事情暂时弄不清它的真实情况的时候，不妨先从自己身上找原因，多从好的方面想别人，也就是要有感恩之心。凡事先检讨自己，对个人的成长大有裨益。

永远心系祖国

一

当年，有一个叫于西蔓的女孩放弃了日本的生活，毅然回到祖国创立了"西蔓色彩工作室"，这是中国的第一家色彩咨询机构，标志着中国色彩咨询业的建立，填补了中国色彩史上的一项空白，建立了中国在色彩应用技术上的一个里程碑，她由此被称为"中国色彩第一人"。她将国际流行的"色彩季节理论"带到了中国，她使中国女性认识到了色彩的魅力。

于西蔓在日本学习的本是经济，但她在毕业后，凭着自己对色彩的爱好，苦学了两年，取得了相关专业色彩的资格。在当时，她成为全球 2000 多名色彩顾问中唯一的华人。

在国外，她看到了中国同胞的穿着经常引起别人的非议，每次听到这样的话，她都会产生一种强烈的感觉，感觉自己有责任要让中国人也美起来。

随后，她放弃了在国外舒适的生活，毅然回到了祖国，并于1998年在北京创办了中国第一家色彩工作室。面对中国消费群体的不同，刚开始时，于西蔓只是凭自己的主观确定价位。一段时间后，她发现这并不适合大多数群体，同时也违背了她的初衷，要让所有的中国人都知道什么是色彩。

于是，她又重新做了计划，降低价位，并做了很多的辅助工作。结果，取得了很好的效果，年轻的时尚一族纷至沓来，连上了年纪的人也成了工作室的座上宾，热线咨询电话也响个不断。于西蔓怀着一颗回报祖国的心，用自己的特殊方式为祖国作出了自己的贡献，并获

得 "2003 中国经济女性年度人物" 候选人资格，成为华夏儿女最优秀的代表。

二

1950 年，我国数学家华罗庚毅然放弃在美国的终身教授职务，奔向祖国。在回国途中，他写了一封致留美学生的公开信。

信中饱含深情地说道："为了抉择真理，我们应当回去；为了国家民族，我们应当回去；为了为人民服务，我们应当回去；就是为了个人出路，也应当早日回去，建立我们工作的基础，为我们伟大祖国的建设和发展而奋斗。"

回国后，华罗庚开始进行应用数学的研究，他的足迹遍布全国 23 个省、市、自治区，用数学解决了大量生产中的实际问题，用实际行动感恩祖国，报效人民，被称为 "人民的数学家"。

★智慧感悟★

美好的生活来源于祖国的繁荣和强大。如果你爱惜你的生命，那么，也请热爱你的祖国，感恩她的付出，抚慰她的痛苦，心系祖国，用实际行动，为她的美丽再添一份光彩。

如果我们每个人都能在心中置入一种感恩的心态，则可以沉淀许多浮躁与不安，消融许多不满与不幸。

其实，感恩不是付出，得到最多的还是自己。

感恩祖国，让我们从小我的世界中走出来，走向更广阔的天地中去！就像刘翔在夺得 2004 年雅典奥运金牌后，不无骄傲地说："中国有我！亚洲有我！"

请记住，当你的肩上背负着为国争光的责任时，你就同时提供给自己一个更大的舞台。

第三章

感恩他人，让爱传递

1株小树若感恩于大地的滋养，它就会加倍努力地向上生长；1朵小花儿若感恩于阳光的照耀，它就会用尽所有的美丽对着天空尽情绽放；1只小狗若感恩于主人的照料，它就会极尽忠诚地为主人看守院落……

结果，小树极有可能会长成森林中那最茂密的一棵，它珍爱大地母亲提供给它的养分，拼命向高处攀岩；不起眼的花骨朵即便是生在最严寒的雪山，也会毫不畏惧地散发出自己独有的清香；哪怕再困倦的夜里，小狗也会尽职尽责地竖起耳朵捕捉每一丝可疑的响动……

不知不觉间，感恩的心便化为一股股前进的动力，在为别人负责的同时，让一切都朝着美好的方向循环起来。

珍贵的承诺

一个大雪纷飞的冬夜，格木的汽车坏在了冰天雪地的野外。这是一个很偏僻的地方，周围没有人烟。随着夜色加深，格木渐渐感受到了恐惧。

此时的他又冷又饿，在这茫茫风雪中他辨别不了方向。可他又不敢跳下车去找人救助，因为他已经没有力气，而且一旦走出去，他担心自己不但找不到路，而且会被活活冻死。但是，如果不离开这里，他也很可能被困死在这里。

突然，格木的眼前一亮，他看见有一个骑马的中年人走了过来。那个中年人看到被困在那里的格木，二话没说，就用自己的马匹将格木的小车拉出了雪地，并将格木带到了一个小镇上。

格木感激万分，从身上拿出所有钱对这位中年人表示感谢。中年人摇摇手拒绝了，他说："以前别人也帮助过我，我不要求你的回报，但是我要你给我一个承诺。当别人有困难时，你也尽力去帮助他就可以了。"格木郑重地作出了这样的承诺。

由于心存感激，格木在以后的日子里，成了一个真正乐于助人的人。他帮助了无数个需要帮助的人，同样，他没有要求任何回报，而是将那位中年人对他的要求告诉了他帮助过的每一个人。

三年后，格木在一个旅游胜地休假时，一场突如其来的洪水将他困在了一个小岛上，一个当地的少年搭救了他。在少年简陋的家里，格木拿出了自己身上所有的钱，表示感谢。但是，少年拒绝了。他说出了那句早已深深铭刻在格木心头的话："我不要求回报。但是，我要你给我一个承诺，当别人有困难时，你也尽力去帮助他就可以了。"

格木睁大了双眼看着这个稚气的少年，他的心里升起了一股暖流。

智慧感悟

这是多么珍贵的承诺啊，但别人有困难时，你会毫不犹豫地帮助他们吗？

一个人受恩于他人之后应当知道感恩，而感恩的最好方式就是回报他人和社会。这种感恩心理驱使下的回报行为，又会带动更多人加入爱的循环中，这样一来，每一个人就都成了爱的受益者和施与者，社会大家庭中的每一个成员也就都沐浴在了爱的暖流当中。

 **让爱循环起来**

汶川地震后，社会各界纷纷贡献出各自的力量援建灾区，有钱出钱，有力出力。救援人员和医护人员更是不顾个人安危，奔走在抢险救灾的第一线，将许多被埋在废墟下的幸存者从死亡线上拉了回来。这样的情景，深深感动了我们，也深深感动了每一个灾区的孩子。

有许多在地震中与家人失散的孩子，很快从自己的痛苦中走出来，加入救援队。

汶川大地震中的幸存者，都江堰市中兴中学九年级学生王海军，在救灾中作出了自己的贡献。

王海军14岁的时候，因为觉得好玩，他就开始学着开推土机，没想到这次却派上了大用场。

地震中王海军的家被损坏了，家人却平安无事。

王海军白天帮着父母在田地里搭起帐篷，晚上又和村里的大人们一起巡逻。第二天一早醒来，听人说抢险救援工作需要大量的推土机，王海军的表哥开着自家的推土机第一时间就赶到了救灾一线。

因为担心表哥一个人吃不消，海军硬要跟着一起去。

就这样，海军和表哥加入了都汶公路映秀段的抢修工作，他们一刻不停地清理着垮塌的山石，只希望尽早打通这条生命之路。一次次余震让飞石不断滚落，好不容易铲出一点空地，一下子又堆满了碎石。

余震不断地发生，抢险指挥部要求他们撤退。可是，只有钢钎、铁铲甚至一双手套的战士们都在拼命干，海军兄弟怎么能退却呢？哥俩退到较为安全的地方继续抢险，直到没油了才返回。

之后连续几天，海军和表哥坚持开着推土机继续战斗，他们挖出过遇难者的遗体，清理过要修建安置房的土地。

5月23日这天，哥俩听说修建大规模的安置房要平整土地，王海军和表哥匆匆赶去，一干就是四天，他俩每天工作都在8小时以上，重复着看起来简单的转、推、拉、压等机械动作，手臂僵硬得快抬不起来了，反复踩刹车的脚似乎也不是自己的了。

5月26日这一天，王海军甚至干到了凌晨3点。有人问他："为什么这么玩命？"

海军的回答是："能早点把房子修好，对灾民是实际的支持，对我是心灵的满足。"

智慧感悟

这就是一个16岁朴实少年的回答，因为心中有爱，所以才会拼命地付出；因为感恩，所以爱才会迅速地循环起来。

王海军是每一个青少年学习的榜样，正是因为从小心底就萌发的感恩心才促使我们做出有益于别人的事情，而这恰恰是每一个青少年都应该做到的。

感恩他人，让爱循环，你可以做得更好。

 # 儿子的字条

这是发生在日本的一则故事：

一个女人死了丈夫，家乡又遭受了灾祸，不得已，她带着两个孩子背井离乡，辗转各地，好不容易得到一个人的同情，把仓库的一角租借给他们母子3人居住。

空间很小，只有3张榻榻米那么大，女人铺上1张席子，拉进1个没有灯罩的灯泡，1个炭炉，1只供吃饭兼孩子学习两用的小木箱，还有几床破被褥和一些旧衣服。为了维持生活，她每天早晨6点离开家，先去附近的大楼做清扫工作，中午去学校帮助学生发食品，晚上到饭店洗碟子。结束一天的工作回到家里已是深夜十一二点钟。于是，家务的担子全都落在了大儿子身上。

为了一家人能活下去，女人披星戴月，从没睡过一个安稳觉，可生活还是那么清苦。他们就这样生活着，半年、8个月、10个月……做母亲的不忍心孩子们跟她一起过这种苦日子，于是想到了死，想和两个孩子一起离开人间，到丈夫所在的地方去。

这一天，女人泡了一锅豆子，早晨出门时，给大儿子留下一张纸条："锅里泡着豆子，把它煮一下，晚上当菜吃，豆子烂了时少放点酱油。"

经过一天的辛劳和疲惫，女人偷偷买了一包安眠药带回家，打算当天晚上和孩子们一块儿死去。

她打开房门，见两个儿子已经钻进席子上的破被褥里，并排入睡了。忽然，她发现大儿子的枕边放着一张纸条，便有气无力地拿了起来。上面这样写道：

"妈妈，我照您纸条上写的那样，认真地煮了豆子，豆子烂时放进

了酱油。不过，晚上盛出来给弟弟当菜吃时，他说太咸了，不能吃，所以只吃了点冷水泡饭就睡觉了。

"妈妈，实在对不起。不过，请您相信我，我的确是认真煮豆子的。您尝一粒我煮的豆子吧。而且，明天早晨不管您起得多早，都要在临走前叫醒我，再教我一次煮豆子的方法。

"妈妈，我们知道您已经很累了。我们心里明白，您是在为我们操劳。妈妈，谢谢您。不过请您一定保重身体。我们先睡了。妈妈，晚安！"

泪水从女人的眼里夺眶而出。

"孩子年纪这么小，都在顽强地伴着我生活……"女人坐在孩子们的枕边，流着眼泪一粒一粒地品尝着孩子煮的咸豆子。一种信念在她的心中升腾而起：我要坚强地活下去！

她摸摸装豆子的布口袋，里面正巧剩下残留的一粒豆子。她把它拣出来，包进大儿子给她写的信里，决定把它当作护身符戴在身上。

智慧感悟

有时候，亲人间的关爱就是我们战胜困难的力量。不论遇到什么挫折，都没有理由绝望，必须坚强地活下去。

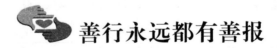 **善行永远都有善报**

一个冬天的晚上，洛华德的妻子不慎把皮包丢在了一家医院里。洛华德焦急万分，连夜去找，因为皮包内装着 10 万美元和一份机密的市场信息。

当洛华德赶到医院时，看到一个瘦弱的女孩靠着墙根蹲在走廊里，在她怀中紧紧抱着的正是他的皮包……

这个女孩叫丽莎，是来这家医院陪妈妈治病的。妈妈的病已经很严重了，需要一大笔钱，这使丽莎几乎绝望了。她是在医院走廊发现这个皮包的，里面的钱足以给妈妈治病，但她毅然决定等待皮包主人的到来。

洛华德感激不已，主动提供了她们急需的帮助，但是，丽莎的母亲还是去世了。所幸，洛华德靠失而复得的10万美元和那份市场信息而生意日渐兴隆。他决定收养丽莎。丽莎接受了良好的教育，并成了洛华德的得力助手。

洛华德临危之际，留下这样一份遗嘱：

"在我认识丽莎母女之前我就已经很有钱了。但她们让我领悟到了人生最大的资本是品行。我收养丽莎不是因为同情，而是请了一个做人的楷模。有她在我的身边，生意场上我会时刻铭记哪些该做、哪些不该做，什么钱该赚、什么钱不该赚。这就是我后来事业发达的根本原因。

"我死后，我的亿万资产全部留给丽莎。这不是馈赠，而是为了我的事业能更加兴旺。我深信，我聪明的儿子能够理解爸爸的良苦用心。"

洛华德从国外回来的儿子仔细看过父亲的遗嘱后，毫不犹豫地在财产继承协议书上签了字："我同意丽莎继承父亲的全部资产。只请求丽莎能做我的夫人。"丽莎看完富翁儿子的签字，略一沉吟，也提笔签了字："我接受先辈留下的全部财产——包括他的儿子。"

智慧感悟

丽莎在面对这样巨大的诱惑之下，仍然有着一颗爱别人、为别人着想的心才让洛华德一下子心灵产生震撼，一个人穷并不可怕，可怕的是连他的心灵也一样的贫瘠。在爱别人的时候，自己内心也获得了满足，爱人者，人自爱。

爱心可以创造奇迹，爱心可以带来温暖，任何一种真诚而博大的爱都会在现实中得到应有的回报。当你用善良的心给别人带去关怀和温暖时，你也一定能体会到人间的真情。

所以，当我们总是抱怨人间的爱太少的时候，是否也反省一下自我是否付出了爱心，人与人之间的感情是相互的，你对别人好，别人也会对你好，你对别人不好的时候，谁又会将自己的爱倾注于你身上呢？

拥有一颗爱人之心，就是对感恩最好的注解。

 **赞美的力量**

一个小女孩因为长得又矮又瘦被老师排除在合唱团外。小女孩躲在公园里伤心地流泪。她想：为什么我没被选上呢？难道我唱得很难听吗？

想着想着，小女孩就低声唱了起来，她唱了一支又一支，直到唱累了为止。

"唱得真好！"这时，一个声音响起来，"谢谢你，小姑娘，你让我度过了一个愉快的下午。"

小女孩惊呆了！

说话的是一位老人。他说完后站起来走了。

第二天小女孩再去时，那老人还坐在原来的位置上，满脸慈祥地微笑。小女孩于是唱起来，老人聚精会神地听着，一副陶醉其中的表情。他大声喝彩，说："谢谢你，小姑娘，你唱得太棒了！"说完，他仍自顾自地走了。

这样过去了许多年，小女孩长大了，成为小城有名的歌手。但她忘不了公园靠椅上的那个慈祥、孤独的老人。后来才知道，老人早就过世了。

"他是个聋子。"一个知情人告诉她。

智慧感悟

赞美的力量是无穷的，它能够给予你战胜挫折的自信和勇气，让你的阴郁心情在赞美声中一扫而光。走出青春的沼泽，回头时，你会发现人世的温暖和人性的伟大。不要吝啬你的爱心，给予陌生人的一丝温暖也许会改变他们的命运。在这个尘世中唯有爱才能融化坚冰。

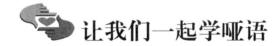
让我们一起学哑语

在一场意外中，欧文的耳朵受到创伤，失去了听力。为了生存，欧文多次寻找工作，都因为他是个聋子而没有成功。在残疾人管理部门的关心下，一家电台聘用了欧文，管理资料室的静态资料。这里的工作环境很清静，少与人打交道，很适合欧文，他对这份工作也十分珍惜。

但是随着电台之间的竞争越发激烈，记者势必要提高稿件质量，欧文所在的资料室成为记者们经常光顾的地方。欧文听力的丧失，给工作上的沟通带来了障碍和难度，不但延误了工作，而且还出了不少差错。同事们的抱怨使主管开始考虑给他安排新的工作。

欧文十分喜欢这份工作，所以向主管表示，愿意努力提高准确率，让主管再给他一次机会。可是当看到主管复杂的表情时，他的心就凉了。他觉得自己将要失去这份工作，而同事们经常背着他说话，并且也不那么和善了。以前他们有什么活动，一般也通知他参加，可是近期以来，他们在下班后，总是不和他打招呼。

一天晚上，欧文决定到电台去整理一下自己的东西。推开大门时，他发现同事们全在那里，他们不是在聚会，而是在听一个老师讲手语，连主管也在认真学习。

同事们为了能更好地与欧文沟通，每个人都牺牲了休息时间，认真学习哑语以配合他的工作。

☆智慧感悟☆

友谊的作用是如果把快乐告诉一个朋友，你将得到两个快乐；如果把忧愁向一个朋友倾诉，你将被分掉一半忧愁。欧文的人生是不幸的，因为他听不到这个世界的美丽声音，但他同时也是幸福的，因为他拥有珍贵的友谊。拥有那么多人的友谊，人生的不幸又算得上什么呢？友爱的光芒照在身上，暖在心里。

微笑是一道风景线

我有位博友曾经在空间里这样写道：

和女儿一起坐在公交车上，正被城市的交通状况折磨得心情有些烦躁的时候，突然眼前一亮，一对衣着色彩无比亮丽的人出现在公交车前头，赶紧招呼女儿看，小丑！夸张的化妆，夸张的衣着，让我的心情为之一振，愉悦了不少。

每次公交车总会超过那群可爱的人，然后在下一个等待绿灯的十字路口，他们就又会追了上来。女儿觉得很新奇，很高兴，不停地趴在窗户上往外望。

于是我索性舍弃车内的一片清凉，开了窗，让女儿跟他们打个招呼。女儿欢呼着一边挥手一边喊："小丑，你好！"不知是他们没听见还是已经觉得疲倦了，或淡漠地从车下走过，或只是礼貌性地挥了挥手，显然这满足不了女儿，女儿不停地朝他们挥手，叫着。

这时队末的那个小丑，很热情地朝女儿微笑，一边做着小丑特有的那些夸张的动作和表情，把女儿逗得很开心。车还是启动了，女儿很不舍，他用力地冲女儿挥手告别。

这个让女儿开心的小丑让我很感动，在小丑的装扮里裹的是一颗温暖的心，不忍看到一个孩子失望。我要女儿在"小丑"前加一个形容词，女儿还不懂从一个人的行为来辩证地评价一个人，就说："很丑的小丑。"我告诉女儿："他们并不丑，我觉得他们是可爱的小丑。"

智慧感悟

是啊，他们可爱而美好，我的这位博友也有着一颗敏感而温暖的善于感恩的心。

如果你是小丑，你会不会为了一个欢呼着挥手的小女孩的热情让自己的工作充满意义而感恩，而回报以热烈的微笑和滑稽的为人带来快乐的举动呢？

如果你是这位年轻的妈妈，你会不会因为这一份难得的充满爱心的微笑和夸张的动作与表情而感动，而心中温暖，禁不住从烦躁一跃而微笑着感慨生活美好呢？

微笑是一股春风，在尊重中绽放出生活的美好。所以我们在感恩中满足和微笑，每天带着一颗感恩的心去生活，也用微笑去对待每一天每一个人，相信微笑会如一股春风，吹暖我们所生活的世界，让你我都快乐。

感恩才会快乐，快乐的传递才能营造一份快乐的时光。

爱的传递

一天傍晚，拜伦在单行道的乡村公路上孤独地驾车。在这个位于美国中西部的小镇上谋生，拜伦的生活节奏就像他开的老爷车一样迟缓。自从所在的工厂倒闭后，他就没有找到过固定工作，但他还是没有放弃希望。外面空气寒冷，暮气开始笼罩四野。在这种地方，除了外迁的人们，谁会在这路上驾驶？

他熟悉的朋友大多数已经离开了这个小镇。朋友们有梦想要实现，有家庭要抚养。拜伦选择留在故乡，因为这是他出生的地方，这里有着他的童年和梦想，还有他那已经入了土的父母留给他的"家"。周围的一切都是那么熟悉，他可以闭着眼睛告诉你一切。虽然老爷车的车灯坏了，但是不用担心，他能认路。天开始变黑，雪花越落越厚。他告诉自己得加快回家的脚步了。

拜伦差一点儿没有注意到那位困在路边的老太太。外面已经很黑了，这么偏远的地方，老太太要求援是很难的。"我来帮她吧。"他一边想着，一边把老爷车开到老太太的奔驰轿车前停了下来。尽管他朝老太太报以微笑，可仍能看得出老太太非常紧张。她在想：会不会遇上强盗了？这人看上去穷困潦倒，饿狼一样。

拜伦能读懂这位站在寒风中瑟瑟发抖的老太太的心思。他说："我是来帮你的，老妈妈。你先坐到车子里去，里面暖和一点。别担心，我叫拜伦。"老太太的轮胎爆了，换上备用胎就可以。但这对老太太来说并不是件容易的事情。拜伦钻到车底下，查看底盘哪个部位可以撑千斤顶把车顶起来。他爬进爬出的时候，不小心将自己的膝盖擦破了。等将轮胎换好时，他的衣服脏了，手也酸了。就在他将最后几颗螺丝上好的时候，老太太将车窗摇下，开始和他讲话。她告诉他，她是从遥远的城市来的，从这里经过，非常感谢他能停下来帮她的忙。拜伦一边听着，一边将坏轮胎以及修车工具放回老太太的后备厢，然后关上，脸上挂着微笑。老太太问该付他多少钱，还说他要多少钱她都不在乎。

因为她能想象得出，如果拜伦没有停下来帮她的话，在这种地方和这个时候，什么事情都可能发生。

然而这些在拜伦看来根本微不足道，他从来没有把帮助人当作一份工作来做。别人有难应该去帮忙，过去他是这样做的，现在他也不想改变。他告诉老太太，如果她真的想报答他的话，那么下次当她看见别人需要帮助的时候就去帮助别人。

他看着她的车子走远。他的这一天其实并不如意，但是现在他帮助了一个需要帮助的人，所以一路开车回家的心情变得很好。

再说那老太太，她在车子开出了将近 1 英里的地方，看到路边有一家小咖啡馆，就停车进去了。她想，还得开一段路才能到家，不如先吃一点儿东西，暖暖身子。

这是一家很旧的咖啡馆，门外有两台加油机；室内很暗，收银机就像老掉牙的电话机一样没有什么用场。女招待给她送来了菜单，老太太觉得这位招待的笑容让她感到很舒服。她挺着大肚子，看起来最起码有 8 个月的身孕，可是一天的劳累并没有让她失去待客的热情。老太太心想，是什么让这位怀孕的女人必须工作，而又是什么让她仍如此热情地招待客人呢？她想起了拜伦。

女招待将老太太的 100 美元现钞拿去结账，老太太却悄悄地离开了咖啡馆。当女招待将零钱送还给老太太时，发现位置已经空了，正想着老太太跑到哪里去的时候，她注意到老太太的餐巾纸上写着字，在餐巾纸下，另外还压着 300 美元。

餐巾纸上是这样写的："这钱是我的礼物。我经历过你现在的处境，有人曾经像现在我帮助你一样帮助过我。如果你想报答我，就不要让你的爱心失去。"

女招待读着餐巾纸上的话，眼泪夺眶而出。

那天晚上，她回到家里，躺在床上翻来覆去地睡不着，她想着那老太太留下的纸条和钱。那老太太怎么知道她和丈夫正在为钱犯愁呢？下个月孩子就要出生了，费用却完全没有着落，她和丈夫一直都在为此担心。这下好了，老太太真是雪中送炭。

看着身边熟睡的丈夫，她知道他也在为赚钱犯愁，于是侧过身去给他轻轻的一吻，温柔地说："一切都会好的，亲爱的，我爱你。"

★智慧感悟★

爱是一种能量，它能够互相传递，能够让人在困顿的日子里看见希望。生活中如果没有了爱，那将是多么可悲而可怕的一件事。

爱是黑暗岁月里的一盏明灯，温暖每一个寒冷的灵魂。

弥足珍贵的友谊

加州某医院的病房内住着一位名叫萨克雷的病人，好几天过去了，他依然高烧不退，透视后发现胸部有一个拳头大小的阴影，医生怀疑是肿瘤。

同事们纷纷去医院探视。回来的人说："有一个女的，名叫德丽丝，特地从纽约到加州来看萨克雷，不知是萨克雷的什么人。"又有人说："那个叫德丽丝的可真够意思，一天到晚守在萨克雷的病床前，喂水喂药端便盆，看样子跟萨克雷可不是一般关系呀！"

就这样，去医院探视的人几乎每天都能带来一些关于德丽丝的花絮，不是说她头碰头给萨克雷试体温，就是说她背着人默默流泪。更有人讲了一件令人不可思议的事情，说萨克雷和德丽丝一人拿着一把叉子敲饭盒玩儿。德丽丝敲几下，萨克雷就敲几下，敲着敲着，两个人就神经兮兮地又哭又笑。心细的人还发现，对于德丽丝和萨克雷之间所发生的一切，萨克雷的妻子居然没有表现出一丝一毫的醋意。于是，就有人毫不掩饰地羡慕起萨克雷的艳福来。

十几天后，萨克雷的病得到确诊，肿瘤的说法被排除。不久，萨克雷就喜气洋洋地回来上班了。有人问起了德丽丝的事。

萨克雷说："德丽丝是我以前的邻居。大地震的时候，她被埋在废墟下面，大块的楼板在上面一层层压着，德丽丝在下面哭。邻居们找来木棒、铁棍要撬开楼板，可怎么也撬不动，就说等着用吊车吊吧。德丽丝在下面哭得嗓子都哑了——她怕呀，她父母的尸体就在她的身边。

"天黑了，人们纷纷谣传大地要塌陷，于是就都抢着去占铁轨。只有我没动。我家就我一个人活着出来了，我把德丽丝看成了可依靠的人，就像德丽丝依靠我一样。我对着楼板的空隙冲下面喊：'德丽丝，天黑了，我在上面跟你做伴，你不要怕呀……现在，咱俩一人找一块砖头，你在下面敲，我在上面敲，你敲几下，我就敲几下——好，开始吧。'她敲一下，我便也敲一下，她敲几下，我便也敲几下……渐渐地，下面的声音弱了，断了，我也迷迷瞪瞪地睡去。不知过了多长时间，下面的敲击声又突然响起，我慌忙捡起一块砖头，回应着那求救般的声音。德丽丝颤颤地喊着我的名字，激动得哭起来。第二天，吊车来了，德丽丝得救了——那一年，德丽丝 11 岁，我 19 岁。"

女同事们鼻子有些酸，男同事们一声不吭地抽烟。在这一份纯洁无瑕的生死情谊面前，大家为自己庸常的心中无端飘落下来的尘埃而感到汗颜。也就在这短短一瞬间，大家倏然明了，生活本身比所有挖空心思的浪漫揣想更迷人。

智慧感悟

俗世的烦恼与浮躁的风气让人们开始变得不安。我们习惯用不好

的态度揣测他人，而忘却了还有需要真情的心灵以及弥足珍贵的爱来自于生死的较量和考验。

 # 奇迹的价格等于爱

一个8岁的孩子听到她的父母正在谈论她的小弟弟。她知道他病得非常厉害，而父母没有钱为他医治。所以他们正准备搬到一所小一点儿的房子里去住，因为在支付完医药费之后，就付不起现在这所房子的房租了。现在，只有一个费用昂贵的手术能救她小弟弟的命。但是，他们借不到钱。

当她听到爸爸绝望地对妈妈说，现在只有奇迹才能救弟弟的时候，她回到卧室里，把藏在壁橱里的储蓄罐拿出来，并将里面的零钱全部倒在地板上，仔细地数了数。

然后，她把这个宝贵的储蓄罐紧紧地抱在怀里，从后门溜了出去。走过6个街区，来到当地的一家药店里，把所有积蓄——1.11美元，放在玻璃柜台上。

"你想要什么？"药剂师问。"我是来为我的小弟弟买药的。"小女孩回答道，"他病得很厉害，我想为他买一个奇迹。"

"你说什么？"药剂师问。

"他叫安德鲁，他的脑子里长了一个东西，我爸爸说只有奇迹才能救他。那么，一个奇迹需要多少钱？"

"我们这里不卖奇迹，孩子。我很抱歉。"药剂师难过地说。

"听着，我有钱买它。如果这些钱不够，我可以想办法再多弄些钱。只要你告诉我它需要多少钱。"

此时，药店里还有一位衣着考究的顾客。他俯下身，问小女孩："你的弟弟需要什么样的奇迹？"

"我不知道。"她抬起模糊的泪眼看着这位先生，"他病得很重，妈妈说他需要做手术。但是我爸爸付不起手术费，所以我把攒下来的钱全都拿来买奇迹了。"

"你有多少钱？"那人问。

"1.11美元，不过我还可以想办法多弄一些钱。"她的声音轻得几乎听不见。

"噢，真是巧极了。"那人微笑着说，"1.11美元——这正好是为你的小弟弟购买奇迹的钱。"

他一只手接过她的钱，另一只手牵起她的小手说："带我到你家里去。我想看看你的小弟弟，见见你的父母。让我们来看一看我是不是有你需要的那个奇迹。"

那位衣着考究的绅士就是专攻神经外科的医生卡尔顿·阿姆斯特朗。手术完全是免费的。手术后没多久，安德鲁就回家了，而且很快恢复了健康。

"那个手术真是一个奇迹。我想知道它到底能值多少钱？"她的妈妈轻声说。

小女孩微笑了。她知道这个奇迹的确切价格：1.11美元，加上一个小孩子坚定的信念。

坚定的信念能够创造奇迹！

智慧感悟

奇迹不是没有，但是它的产生总要有一定的条件。只有在各种因素都具备的情况下，它才会诞生。

信心是它的支柱，希望是它的信念，而爱则是它的养料与驱动力。

只有有了爱的存在，才会有奇迹产生的可能。

爱的胜利

自从父亲不幸身亡后，10 岁的玛莎和姐姐相依为命。明天就是圣诞节了，疾病缠身的姐姐掏出家里仅有的 5 美元递给玛莎，让她上街给自己买点礼物。

玛莎却拿着钱找到奥克多医生。她把 5 美元递给医生，小声请求道："奥克多先生，您能再帮我姐姐做一次腰椎按摩治疗吗？"奥克多轻轻摇了摇头，无奈道： "玛莎，5 美元不够的，最少也得 50 美元……"玛莎失望地走出了诊所。

大街的一角围了一些人，玛莎挤进去一看，是一个街头的轮盘赌。轮盘上依次刻着 26 个阿拉伯数字，这些数字也依次对应着 26 个英文字母。不管你押多少钱，也不管你押什么数字，只要轮盘转两圈后，指针能停在你的选择上，你就能获得 10 倍的回报。

轮盘赌的主人拉莫斯冲玛莎挥挥手，示意她让开。玛莎却没有退缩，她犹豫了一会儿，把手中的 5 美元放在了第 12 格上。轮盘转两圈后，停在了第 12 格，玛莎的 5 美元变成了 50 美元。轮盘再次旋转前，玛莎把 50 美元放在了第 15 格。玛莎又赢了，50 美元变成了 500 美元。人们开始注意玛莎。拉莫斯问："孩子，你还玩儿吗？"玛莎把 500 美元放在了第 22 格。结果，她拥有了 5000 美元。拉莫斯的声音颤抖了："孩子，继续吗？"玛莎镇定地把 5000 美元押在了第 5 格，所有的人都屏住了呼吸。不到 1 分钟后，有人忍不住惊呼："上帝啊，她又赢了！"拉莫斯快哭了："孩子，你……"玛莎认真道："我不玩儿了，我要请奥克多先生为我姐姐按摩——我爱我的姐姐！"

玛莎走后，有人开始计算连续四次猜对的概率有多少。拉莫斯则像呆子似的凝视着自己的轮盘，突然，他痛哭道："我知道我输在哪里了，这孩子是用'爱'在跟我赌啊!"人们这才注意到玛莎投注的 12、15、22、5 四个数字，对应的英文字母正是 L、O、V、E!

智慧感悟

　　游戏之所以胜利是因为有爱的守护。爱是人类所有武器中最伟大、最无私的一种，也是最厉害的一种。因为有了爱的存在，我们面临难题时才不会有胆怯的心。真爱无敌。

感恩老师

　　著名作家刘绍棠曾写过这样一篇文章:

　　那年正月新春，我不满六周岁，便到邻近的乡村小学读书。

　　这个小学设在一座庙内，只有一位老师，教四个年级。当时学生少，四个年级才一个班。老师姓田，十七岁就开始教书了。他口才、文笔都很好。

　　开学头一天，我们排队进入教室。田老师先给二年级和四年级同学上课，叫三年级学兄把着一年级学弟的手描红。描红纸上是一首小诗:

　　一去二三里，烟村四五家。

　　亭台六七座，八九十枝花。

　　田老师给一年级上课了。他先把这首诗念一遍，又连起来讲一遍，然后，编出一段故事，娓娓动听地讲起来。我还记得故事的大意是这样的:

　　一个小孩子，牵着妈妈的衣襟儿去姥姥家，一口气走了二三里地。路过一个小村子，只有四五户人家，正在做午饭，家家冒炊烟。娘儿俩走累了，看见路边有六七座亭子，就走进一座亭子里去歇歇脚。亭子外边，花开得很茂盛，小孩子伸出小手指念叨着："……八枝，九枝，十枝。"他越看越喜欢，想折下一枝来。妈妈拦住了他，说："你折一枝，他折一枝，后边歇脚的人就看不到花儿了。"后来，这儿的花越开越多，数也数不过来，变成了一座大花园。

我听得入了迷，恍如身临其境。田老师的声音戛然而止，我却仍在发呆，直到三年级的大师兄捅了我一下，我才惊醒。

那时候的语文叫国语。田老师每讲一课，都要编一个引人入胜的故事。我在田老师那里学习四年。听的上千个故事，有如春雨点点，滋润着我。

有一年我回家乡去，在村边遇到了老师，他拄着拐杖正在散步。我仍然像四十年前的小学生那样，恭恭敬敬地向他行礼。谈起往事，我深深感谢老师在我那幼小的心田里，播下知识的种子。

十年树木，百年树人。老师的教诲之恩，我终生难忘！

★★★ 智 慧 感 悟 ★★★

刘绍棠先生所怀念的，正是他的小学老师。几十年后再次相见，早已成家立业的他在老师面前仍是学生身份，表达的仍是一如既往的尊敬。

那个点醒你，给你打开世界另一扇窗的人，就是老师，他是你人生的领路人。但你能够自己分辨方向走路时，老师才放开手，继续去引导那些懵懂无知的孩子。若干年后，当你长大成人，事业有成之时，还会不会想起曾经在课堂上挥汗如雨的老师们？桃李满天下是他们最引以为傲的事，如果你能记着他们，或者能在教师节或其他节日来临的时候寄张贺卡或登门拜访，他们会更加欣慰。

第四章

报不尽的父爱母爱

古语说："树欲静而风不止，子欲养而亲不待。"意思就是说孝敬父母要及早行动，不要等父母都不在了才想起要孝顺，那已经为时已晚，只能空留遗憾。

母亲的名字叫"牺牲"

吴志强笔下有这样一则故事：

他们就住在一套用木板隔成的两层商铺里。母亲半夜起床上厕所，突然闻到一股浓浓的烟味，便意识到家中出事了。等丈夫从梦中惊醒，楼下已是一片火海，全家两个女儿三个儿子以及两位雇工都被困在大火中。孩子们被叫醒后，个个如受惊的兔子，逐一聚拢到母亲身边。幸好阁楼上的天花板只有一层，砸开它，就可以攀上后墙逃生。

绝望之余，父亲带着两个雇工砸开天花板，并第一个抢先翻过墙头。父亲出去后，再也没有回来，他只顾呼唤邻居救火。高墙里面，大火离母亲和5个孩子越来越近了。5个孩子中，最高的也仅有1.54米，而围墙竟有2米多高。他们没有一个人能单独攀上去。

幸运的是，墙头上有一个雇工留了下来，他一手紧抓房顶横梁，另一只手伸向母亲和5个孩子。"别怕，踩着妈妈的手，爬上去！"母亲蹲在地上，抓牢大儿子的脚，大儿子用力一蹬，抓住雇工的手攀上了墙头，翻身脱离了险境。用同样的办法，母亲把二儿子和小儿子一一举过了墙。

此刻，火舌已舔到脚掌，母亲奋力抓起二女儿。此时，她的力气已用尽，浑身不停地颤抖。大女儿急中生智，协助妈妈把妹妹举过了墙。火海中，仅剩母亲和大女儿。大火已卷上她们的身体，烧着了她们的衣服。大女儿哭着让妈妈离开，但母亲坚决地将女儿拉了过来，拼尽最后一口气，将大女儿托过了墙头。

当工人再次把手伸向母亲的时候，她竟然连站立的力气也耗尽了，转眼间，便被大火吞没了。墙外，5个孩子声泪俱下地捶打着墙，大喊着"妈妈"。而墙内的母亲再也听不见了，永远地闭上了眼睛。

消防员赶到，20 分钟便将大火扑灭了。人们进去寻找这位母亲，看到了极为悲壮的一幕：母亲跪在阁楼内的墙下，双手向上高高托举的姿势。这位英雄母亲的名字，叫卢映雪。

★智慧感悟★

这个故事就发生在深圳，人们也将永远铭记。有人说，母亲的名字叫"牺牲"。其实，无论生命的形式如何，母亲的爱永不褪色。感恩母爱，我们便能收获母亲臂弯的安全；感恩母爱，我们便能享受母爱带给我们的每一次。

父爱如山

冰心女士是当代著名的女作家。在家里，冰心是家中长女，也是父母膝下唯一的女儿，从小便被父母视为掌上明珠。冰心的父亲谢葆璋是一位参加过甲午战争的爱国海军军官，具有强烈的民族意识和爱国心，同时也是一位舐犊情深的父亲。

谢葆璋在烟台任海军学校校长时，经常带女儿去海边散步，教小冰心如何打枪，如何骑马，如何划船。夜晚，就指点她如何看星星，如何辨认星座的位置和名字。他还常常带领冰心上军舰，把军舰上的设备、生活方式讲给女儿听。

一天，谢葆璋像往常一样带女儿在海滩散步，冰心陶醉于眼前的美景，对父亲说："烟台海滨就是美啊！"父亲却感叹地说："中国北方海岸好看的港湾多的是，何止一个烟台，比如威海卫、大连湾、青岛，都是很美很美的。"冰心听到这里，要求父亲带她去看一看。父亲捡起一块石子，狠狠地向海里扔去："现在我不愿意去！你知道，那些港口现在都不是我们中国人的，威海卫是英国人的，大连是日本人的，青岛是德国人的。只有烟台才是我们的，我们中国人自己的不冻港。为什么我们把海军学校建设在这海边偏僻的山窝里！我们是被挤到这里来的啊。将来我们要夺回威海、大连、青岛，非有强大的海军不可。"

至今，冰心都在为她那庄严勇敢的慈父骄傲着，并且向着父亲鼓励的方向努力，爱国，爱生活，把爱洒满每一个角落。

冰心曾将父亲比喻成清晨即出、雍容灿烂的太阳："早晨勇敢的灿烂的太阳，自然是父亲了。他从对山的树梢，雍容尔雅地上来，他温和又严肃地对我说：'又是一天了！'我就欢欢喜喜地坐起来，披衣从廊上走到屋里去，开始一天新的生活。"

冰心曾充满深情地说："父亲啊！我怎样地爱你，也怎样爱你的海！"父爱，一直是冰心创作的动力源泉之一，她始终铭记着父亲的教诲，创造出了属于自己的宝贵价值。

直至晚年，冰心还深深地怀念着她的父亲。

★智慧感悟★

是啊，如果说母亲给予儿女的是如涓涓细流般的柔情，是在生活中无微不至的点点滴滴的关怀，那么父亲给予儿女的则是如江海大山般的力量，是精神上的鼓励和支持。父亲的爱是含蓄和深沉的，父爱如山。

冰心把自己的父亲看成太阳，教她一点点地读懂人生每一处细节。这告诉了我们，做一个有着强大精神力量的人，是多么地影响一个人啊。

父爱比山高，比海深，父亲的爱如一壶老酒，愈久愈纯，需要你用心体会，并且为着这深沉的爱而努力，不让父亲失望，不让自己的生命充满遗憾。父亲犹如日月，给我们一方天地，教我们一世责任，让我们感恩不尽。

读懂父亲，便读懂了岁月人生……

再玩一次捉迷藏

一位父亲深知自己时日不多，但他放心不下刚满4岁的可爱女儿，所以临终前为女儿留下了这样一封信：

给可爱的女儿：

再吃10次蛋糕就可以找爸爸了……爸爸和你玩了多次捉迷藏，每次都一下子就被你找了出来。

不过这一次，爸爸决定躲好久好久。你先不要找，等你14岁（再吃完10次蛋糕）的时候，再问妈妈，爸爸躲在哪里，好不好？

爸爸要躲这么久，你一定会想念爸爸，对不对？不过，爸爸不能随便跑出来，不然就输了。如果还是很想爸爸，爸爸就变魔法出现。因为是魔法，不是真的出现，所以不犯规，爸爸不算输。

爸爸的魔法是：趁你睡觉的时候，跑到你梦里大玩游戏：在你画爸爸的时候，不管好不好看，你觉得是爸爸，就是爸爸；当你拿爸爸的照片看时，爸爸也在偷偷地看你……要记得，爸爸一直都陪着你！

你已经是4岁的大姑娘了。爸爸要拜托你一件事，照顾并孝顺爷爷、奶奶和妈妈，看你是不是比爸爸以前做得好？有多好，妈妈会告诉你的。

爸爸猜想，我们这一次玩捉迷藏要玩这么久，爷爷、奶奶和妈妈有时候看不到爸爸，一定会偷哭。偷哭就是犯规，就是失败。他们偷哭，你就要逗他们笑，不然游戏输了以后，他们一定会哭得更厉害。

好不好，宝贝？你们是同一队的，来比赛看你们厉害，还是爸爸厉害？

准备好了吗，比赛就要开始了。

智慧感悟

为了给孩子一个充满快乐的童年，这位父亲可谓煞费苦心，他用自己的智慧最大限度地化解了女儿失去父亲的痛苦。让孩子健康快乐地成长，是所有父母的幸福所在。

十年没上锁的门

一座小山村的偏僻小屋里住着一户人家，母亲生怕遭窃，总是一到晚上便在门把上连锁三道锁。女儿则厌恶枯燥而一成不变的乡村生活，她向往都市，想去看看自己透过电视所看到的那个华丽世界。某天，女儿为了追求那虚幻的梦，趁母亲睡觉时偷偷地离开了。

可惜世界不如她想象的美好，不知不觉，她走上堕落之途，深陷泥泞中无法自拔，这时才领悟到自己的过错。

"妈！"十多年后，已经长大成人的女儿拖着疲惫的身躯，回到了故乡。

她回到家时已是深夜，点点的灯光透过门缝渗透出来。她轻轻敲了敲门，却突然有种不祥的预感。门被打开时她吓了一跳。"好奇怪，母亲以前从来不会忘记把门锁上的。"

母亲瘦弱的身躯蜷曲在冰冷的地板上，她睡着了。

"妈……妈……"听到女儿的哭喊声，母亲睁开了蒙胧的眼睛，一语不发地搂住女儿的肩膀。在母亲怀里哭了很久之后，女儿突然好奇地问道："妈，今天你怎么没有锁门，盗贼闯进来怎么办？"

母亲回答说："不止是今天没锁，我怕你晚上突然回来，所以10年来门从没锁过。"

智慧感悟

如果在挫折中经历了巨大的创伤，请回到亲人那里，他们会用怀抱中的温暖抚平你的伤痕，给你力量和勇气面对未来。家永远是你最坚固的堡垒，最温暖的港湾。

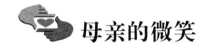 ## 母亲的微笑

母亲的微笑是什么？

我国著名"唐宋八大家"之一的曾巩，在读书路上屡屡受挫，39岁前还只是一个落第的秀才。

第一次进京赶考铩羽而归，第二次与兄长同考又双双名落孙山。曾巩兄弟俩神色黯然，但是曾母始终在微笑着劝慰和鼓励他们，她的微笑像明媚的阳光照亮儿子阴暗的心灵。终于，在曾母微笑的送行和迎回之际，曾家四子一婿同时金榜题名。在这里，母亲的微笑是鼓励，是理解，是信心，是力量，是孩子战胜困难、夺取成功的支柱。

世界著名的希尔顿大酒店的创始人——希尔顿先生的成功，也得益于母亲的微笑。

希尔顿的母亲曾对他说："孩子，要成功，你必须找一种方法，符合以下几个条件：第一，要简单；第二，容易做；第三，要不花本钱；第四，能长期运用。"这究竟是什么方法？母亲的微笑完全符合这四个条件。希尔顿的母亲曾对希尔顿说："人不会笑，莫开店。"

后来他果然用微笑打开了成功之门，创办了举世名店。在这里，母亲的微笑是形象化的哲理、秘诀化的智慧，是打开孩子心锁时那脆然一响、拨开子女心扉时那豁然一亮。

★智慧感悟★

母亲的微笑是神奇的，像明媚的阳光，像湿润的春雨，给子女以信心、力量、智慧和勇气，挫折中的你不要忘记母亲含笑的双眼，她能为你指出一条走出低谷的路。微笑是一种信任，也是一种鼓励，更是一种信心。

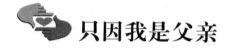 # 只因我是父亲

戴高乐是一位名垂千古的伟人。

生活中的戴高乐具有坚强的性格和火一样的热情，对民族及国家有着深厚的爱。因此，戴高乐才能成为反抗法西斯侵略和维护法兰西民族独立的不屈战士。美国总统尼克松同戴高乐私交颇深，他心目中的戴高乐是"一个名副其实的英雄，20世纪最卓越的人物之一"。

然而，戴高乐又是一位普普通通的人。他有三个子女，最小的女儿安妮先天智力迟钝，医生诊断为"永远不会说话，终身残疾"。戴高乐夫妇为此感到伤心绝望，但拒绝了好心人要他们把安妮送给福利机构抚养的建议。为了女儿，他们愿意牺牲一切，包括个人的事业和前程。戴高乐说："安妮自己没有要求来到世上，我们应当尽一切力量让她高兴，生活得幸福。"

戴高乐是一位严厉的军官，性格果断刚强，不苟言笑。但在安妮面前，只要能逗她高兴，他愿意做任何事情，欢乐、诙谐、唱歌、跳舞，恍若另一个人。据邻居回忆，终身残疾、智力迟钝的安妮，唯有戴高乐能逗她发出和正常孩子一样的嬉笑声。邻居们经常看到戴高乐在安妮耳边悄声细语地讲述着小安妮能理解的趣事，常常逗得安妮咯

咯大笑。有时他还同安妮手拉着手在院内嬉笑奔跑，兴高采烈地一起跳小快步舞。戴高乐夫妇就是这样细心地抚育和保护着安妮，同时又经常担心自己会在安妮之前离开人世，为小女儿可能无依无靠的未来而深感痛苦。

戴高乐夫人在出国访问时，常常舍弃一些正式的社交活动，而热衷于参观当地的儿童医疗机构和养育福利院。后来，戴高乐夫妇用写回忆录的稿费和版税，建立了以"安妮"命名的残疾儿童福利基金，创办了养育院，把他们对小女儿的真挚的爱推及其他残疾儿童。安妮20岁时染上肺炎去世。戴高乐夫妇悲痛万分，安葬那一天，夫妇俩在安妮墓前，满含泪水，默默地哀悼。然后，戴高乐拉着妻子的手深情地说："回去吧，现在她和别的孩子一样啦！"

★☆★☆★☆★☆★☆
智慧感悟
★☆★☆★☆★☆★☆

伟人也和平凡人一样，有着最细腻的情和最深沉的爱。

命运或许就是如此爱开玩笑，它板起面孔时不论对象是谁，众生在它的面前一律平等。

但不幸并没有让这位战士屈服，苦难在他无比宽厚而无私的爱影响下，显得不再只有沉重，生活多了一丝甜蜜的味道。

爱能够战胜一切

在丹东尼的记忆中，父亲一直就是瘸着一条腿走路的，他的一切都平淡无奇。所以，他总是想，母亲怎么会和这样的一个人结婚呢？

一次，市里举行中学生篮球赛。丹东尼是队里的主力。他找到母亲，说出了他的心愿，他希望母亲能陪他同往。母亲笑了，说："那当然。你就是不说，我和你父亲也会去的。"丹东尼听罢摇了摇头，说："我不是说父亲，我只希望你去。"母亲很是惊奇，问这是为什么。他勉强地笑了笑，说："我总认为，一个残疾人站在场边，会使得整个气氛变味儿。"母亲叹了一口气，说："你是嫌弃你的父亲了？"父亲这时正好走过来，说："这些天我得出差，有什么事，你们商量着去做就行了。"

比赛很快就结束了。丹东尼所在的队得了冠军。在回家的路上，母亲很高兴，说："要是你父亲知道了这个消息，他一定会很高兴的。"丹东尼沉下了脸，说："妈妈，我们现在不提他好不好？"母亲接受不了他说的话，尖叫起来，说："你必须要告诉我这是为什么！"丹东尼满不在乎地笑了笑，说："不为什么，就是不想在这时提到他。"母亲的脸色凝重起来，说："孩子，这话我本来不想说，可是，我再隐瞒下去，很可能就会伤害到你的父亲。你知道你父亲的腿是怎么瘸的吗？"丹东尼摇了摇头，说："我不知道。"母亲说："那一年你才两岁，你父亲带你去花园里玩。在回家的路上，你左奔右跑。忽然，一辆汽车疾驰而来，你父亲为了救你，左腿被碾在车轮下。"丹东尼顿时呆住了，说："这怎么可能呢？"母亲说："这怎么不可能？不过是这些年你父亲不让我告诉你罢了。"

二人慢慢地走着。母亲说："有件事可能你还不知道，你父亲就是威廉——你最喜欢的作家。"丹东尼惊讶地蹦了起来，说："你说什么？我不信！"母亲说："其实这件事你父亲也不让我告诉你。你不信可以去问你的老师。"丹东尼急急地向学校跑去。老师面对他的疑问，笑了笑，说："这都是真的。你父亲不让我们透露这些，是怕影响你的成长。现在你既然知道了，我就不妨告诉你，你父亲是一个伟大的人。"

两天以后，父亲回来了，丹东尼问父亲："你就是大名鼎鼎的威廉吗？"父亲愣了一下，然后就笑了，说："我就是写小说的威廉。"丹东尼拿出一本书来，说："那你先给我签个名吧！"父亲看了他片刻，然后拿起笔来，在扉页上写道："赠丹东尼，爱能够战胜一切！威廉。"

多年以后，丹东尼成为一名出色的记者。如果有人让他介绍自己的成功之路，他就会重复父亲的那句话："爱能够战胜一切！"

智慧感悟

爱能够战胜一切，爱是永远的战神。在爱的世界里，我们看不到灰心、颓丧与失意，因为一切灰色的色调在遇到爱的激情红色时，都将被改变、被燃烧。

 **感谢亲恩**

一

村之外，有三个妈妈在井边打水。

井边坐着一位老人。

她们闲聊的时候，一个妈妈对另一个说道："我的儿子很聪明机灵，力气又大，同学之中谁也比不上他。"

另一个妈妈说："我的儿子擅长唱歌，歌声像夜莺一样悦耳，谁也没有他这样好的歌喉。"

第三个妈妈看着自己的水桶默不作声。

"你为什么不谈谈自己的儿子呢？"两个邻居问她。

"有什么好说的呢？"她叹口气说，"我儿子什么特长也没有！"

说完，她们装满水桶，提着走了。老人也跟着她们走去。水桶很重，她们走得很慢，不时地停下来休息一下。

这时，迎面跑来了三个放学的男孩，一个孩子翻着跟头，他母亲露出欣赏的神色。另一个孩子像夜莺一般欢唱着，几个母亲都凝神倾听。第三个孩子跑到母亲跟前，从她手里接过两只沉重的水桶，提着走了。

妇女们问老人道：

"老人家，怎么样？你看看我们的儿子怎么样？"

"哦，他们在哪儿呢？"

老人回答道："我只看到一个提着水的儿子啊！"

二

在诺贝尔和平奖的颁奖大会上，特蕾莎修女告诉人们："我永远也不会忘记曾经访问过的一家养老院。这家养老院里的老人都是儿女将他们送来的。尽管这里的生活用品一应俱全，甚至还有点奢华，但是这些老年人都坐在院子里，眼睛盯着大门看。他们的脸上没有一丝笑容。我转向一位老姐姐，问她：'这是怎么回事？为什么这些衣食不愁的人总是望着大门？为什么他们脸上没有笑容？'"

"我已经太习惯看到人们脸上的笑容，甚至那些挂在垂死的人脸上的笑容。但是在这里，我看到的是一种对爱心的企盼。

"那位老姐姐对我说：'这里几乎天天都是如此，他们每天都在企盼着，盼望他们的儿女来看望他们。他们的心受到了极大的刺伤，因为他们是被遗忘的人。'瞧，这就是世上存在的另一种贫乏，被爱心遗忘的贫乏。

"也许这样的贫乏已经悄悄来到我们的身边和我们的家庭中。也许就在我们自己的家庭中，已经有成员感到孤独。也许他们的心已经受到伤害，或许他们处于某种焦虑不安的状态……"

★智慧感悟★

孝敬父母应当体现在日常的行动中。帮父母做一些力所能及的事情，哪怕是一件很细微的事情也可以体现我们的爱心。如果孩子缺乏行动，即便他有再出众的才华、再强大的力量也无法报答父母的养育之恩。

最受人尊敬的特蕾莎修女不止一次地对人说："爱源自家庭。今天的世界，每一个人都极度忙碌，渴求更大的发展和追求更多的财富等，以致做子女的腾不出时间去关怀父母，做父母的也没有时间彼此关心。这导致家庭生活瓦解，直接扰乱着这个和谐的世界。"

古语说："树欲静而风不止，子欲养而亲不待。"意思就是说孝敬父母要及早行动，不要等父母都不在了才想起要孝顺，那已经为时已晚，只能空留遗憾。

第五章

换个角度看待生活

人生在世，无论生活的浪涛把我们抛向何方，都会有美丽的风景。只要我们能以乐观积极的态度，想着已经拥有的幸福，就能转"忧"为喜，从"山重水复"转入"柳暗花明"。如果我们能热爱生活，笑对人生，就会随时发现生活之美！

换个角度看待人生难题

一

在某小学的体育课上，体育老师准备测试大家的跳高能力，横杆初步高度为 1.15 米。

试跳的前十几名小学生都没有成功，这时，轮到了一名 11 岁的小男孩，他犹豫了半天，一直在想如何才能跳过 1.15 米。但时间不允许了。老师再一次催促他赶快行动。

就在他跑向横杆的时候，脑子里却突发奇想，竟在到达横杆前的一刹那倒转过身体，面对老师背对横杆，腾空一跃竟鬼使神差般跳过了 1.15 米的高度。然后，他狼狈地跌落在沙坑中，有些垂头丧气地低头等待老师批评。

一旁的同学都在嘲笑他的跌倒。

小男孩的跳跃动作引起了体育老师的思考，他微笑着扶起小男孩，表扬他有创新精神，鼓励他继续练习他的"背越式"跳高，并帮助他进一步完善其中的一些技术问题。

后来，这名勇于尝试的小学生在 1968 年墨西哥奥运会上，采用独创的"背越式"的奇怪跳高姿势，征服了 2.24 米的高度，刷新了当时奥运会的跳高纪录，一举夺取了奥运会跳高金牌，成为享誉全球、赫赫有名的体坛超级明星。

这个人就是美国最著名的跳高运动员理查德·福斯伯。

二

某个城市的疯人院这天来了一位参观的客人，他是某大学的心理学教授，这次专门来了解疯子的生活状态。

经过一天的考察了解，心理学教授觉得这些人疯疯癫癫，行事出人意料，可算大开眼界。

傍晚，就在心理学教授准备开车返回时，竟然发现自己的车胎被人卸掉。"一定是哪个疯子干的！"教授这样愤愤地想道，动手拿备胎准备装上。

更为可气的事情出现了，原来卸车胎的人居然将螺丝也都一并拿走了。没有螺丝有备胎也装不上去啊！

心理学教授一筹莫展。

就在他着急万分的时候，一个疯子蹦蹦跳跳地过来了，嘴里还哼唱着不知名的流行歌曲。他发现了满脸忧愁的教授，停下来问发生了什么事。

教授虽然懒得理他，但出于礼貌还是告诉了他。

没想到，这个疯子高兴得大叫起来："哈哈，我能帮你解决！"

一脸纳闷的教授只见这个疯子从每个轮胎上面卸了一个螺丝，这样就拿到了三个螺丝，然后轻易地将备胎装了上去。

难题瞬间解决了，教授惊奇感激之余，非常好奇地问："请问你是怎么想到这个办法的？"

疯子站起来，嘻嘻哈哈地笑道："教授，我是疯子，可并不代表我是呆子啊！"

★智慧感悟★

面对眼前的难题，有时需要相应地调整思路。为什么自己解不出的难题，到别人那里就迎刃而解了呢？那是因为他们的思路不同于我们。

生活中，无论我们遇见什么样的难题，第一，不要害怕；第二，要勇于思索，相信一定能找到新的思路出来。

机智的厨师

《韩非子》中记载了一个故事，故事中提到有一次晋文公吃饭时，发现烤肉上绕着一根长头发。他把厨师叫来斥责道："你想把寡人噎死吗？"

厨师一看，连忙跪下磕头说："小人罪该万死。小人有三条罪状：小人每天把刀磨得飞快，切断了肉，却切不断一根头发，这是第一条罪。小人把肉穿在木棍上，却看不见上面的头发，这是第二条罪。炉火通红，把肉烤熟了，却没有烧焦头发，这是小人的第三条罪。可是，周围是不是有恨小人的人呢？请大王明察。"

一席话让晋文公恍然大悟，点头道："你说得有道理。"晋文公派人把厨房里打杂的下手叫来，一审问，果然是那个下手故意在肉上放了根头发，想陷害厨师。晋文公大怒，叫人把那个欲陷害他人的人推出去斩了。

智慧感悟

厨师的灵活机变在于他的冷静，以及独特的处理艺术。在遇到对己不利的突发状况，抑或是棘手的问题时，我们切不可被此种状态吓破了胆，以致乱了方阵。

保持冷静的头脑对应付任何事情都有很大的益处。

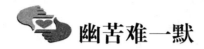 **幽苦难一默**

一

1997 年 9 月 5 日，是特蕾莎修女生命中的最后一天。这一天，被病痛折磨的她并没有显示出悲哀或者痛苦的神色，相反，她和原来一样每天快乐而从容地进行着日常的工作。

一天下午，由于糟糕的身体状况，她不能按照约定会见印度航空公司的官员了，她只能待在自己的房间里祈祷。这时，有一位格特鲁德修女在照顾她，特蕾莎修女便和她开玩笑："我的右腿非常嫉妒左腿，因为，我的左腿独享了一切好处：按摩、推拿。"

格特鲁德修女被她幽默的"埋怨"逗笑了，于是开始按摩她的右腿。

特蕾莎修女生命中的这一极短的插曲向人们展示了幽默的真正含义：幽默不只是一种出众的口才，而是一种深刻的生命思考，一种积极的人生态度。

在生命的最后一天、病痛缠身的时候，仍能对他人说出幽默话语的特蕾莎修女，用行动证明了幽默是化解苦难的溶剂、钝化伤感的良药。

二

从 2006 年开始，有一位传奇的"90 后"作家子尤引起了世人的关注。

作为一个享有"小狂人"盛誉的文学才子，和李敖先生的快意交谈，使他名声大震；作为一个和癌症病魔顽强斗争的花季少年，子尤用自己的乐观与坚韧，向世人诠释着生命的真谛。

正处于16岁的花样年华，子尤却得了不治之症，一般的孩子可能很难接受这样的痛苦和不幸，子尤却以他的坚韧和乐观感动了世人，他说这场病"真是上帝送给我的最好的礼物……我给你们看我的生，给你们看我的死、我的爱、我的痛……"

疾病没有摧垮子尤的意志，相反，给了他平日没有的灵感与感悟，成了他才情的催化剂。

子尤执着地与死神进行抗争，他还写了一首小诗来描述和感悟这种斗争的过程："一次大手术，两次胸穿，三次骨穿，四次化疗，五次转院，六次病危，七次吐血，八个月头顶空空，九死一生，十分快活！"

从"十分快活"和前面文字的对比中，我们不难看出子尤的坚强。

没有任何东西能够换取希望对于人的价值。当我们面对失败的时候，当我们面对重大灾难的时候，我们都应该将人生寄托于希望，希望能够使我们淡忘自己的痛苦，为我们汲取继续走向成功的力量。

智慧感悟

挫折和苦难面前的幽默，有一种厚重的力量。这种幽默能体现一个人的坚强，以及对生命中一切体验的悦纳。

在挫折和苦难面前，掩面哭泣的人是弱者，暗自忍受的人是庸人，而微笑悦纳并迎头痛击的人是智者，也是强者。

现实生活中，有很多这样的智者和强者，在苦难和不公的命运面前，他们不消沉、不抱怨，而是拿出全部的身心去体验、去感受，从而升华自己，锻造坚韧的品格，培养笑对人生的大智慧。

现实生活中，有很多挫折和不幸，小到考试失利、小病小痛，大到亲人故去、家庭破裂等，在这些不幸中，有一些可以避免，有一些难以避免。无论是否可以避免，在面对它们的时候，请你拿出特蕾莎修女和子尤的幽默和坚强，不要怨天尤人，不要哭泣消沉，要挺起胸膛，微笑面对。当然，对这两种挫折的具体应对方案是不同的：从可以避免的不幸中，我们应该尽量地吸取教训，反思自我，避免同样的情况再次发生；而对于那些不可避免的事实，只能以积极的心态去接受，可以伤心，但是决不要因而消极退避或者自暴自弃。

 # 废墟上的鲜花

第二次世界大战结束后，德国的土地上到处是废墟。

这一天，美国社会学家波普诺带着几名随行人员来到德国。他们看了许多户住在地下室的德国居民。这时，波普诺向随行人员问了一个问题："你们觉得这个民族还能够振兴起来吗？"

"难说。"一名随行人员随口答道。

"他们肯定能！"波普诺非常坚定地给予了纠正。

"为什么呢？"随行人员不解地问道。

波普诺看了看他们，又问："你们在到每一户人家的时候，注意到他们的桌上都放了什么吗？"

随从人员异口同声地说："一瓶鲜花。"

"这就对了！任何一个民族，处在这样困苦的境地都没有忘记爱美，那他们就一定能在废墟上重建家园！"

★智慧感悟★

波普诺的预言没有错，战后的德国仅用几十年的时间就重振雄风了。故事给我们的启示是：在人生中，总会面临一个又一个困境，其实这些只是暂时的困难，所以根本无须悲观绝望，保持希望，废墟上也能重新绽放艳丽的花朵。希望如同一根恋人的手杖，在充满困境的人生中带领我们走向光明的未来。

凡事要有自己的思考

一个失意者求教于哲人："在这个世界上，那么多人取得了成功，而我为什么总是失败呢？"

"失败必有失败的原因。"哲人说。

失意者想了想，说道："比如，我弹的琴曾受到一位名师的赞美，他夸奖我有一首曲子弹得特别好。于是我放弃其他曲子的弹奏，将这首曲子弹得完美极了。可是，在演奏会上，我将这一节反复弹奏了50遍，却没有受到大家的赞赏，人们反而纷纷离席而去。又比如，我的女友以前最爱听'我爱你'三个字，于是我便每天说给她听。一年以后，她不仅再也不想听这三个字了，而且说我是个傻子，转身离我而去。后来我当了一名厨师，听说有个头面人物爱吃羊肉，于是我给他做了一桌羊肉席，结果，我被老板解雇了……"

哲人道："你反复弹奏一个曲调，没有变化，人们怎不生厌？即使是最爱听的话，你反复诉说，别人怎不厌烦？即便再爱吃羊肉的人，一桌羊肉席，岂不让他倒了胃口？你失败的关键，就在于过于死板、拘泥，不知变通。"

智慧感悟

青少年朋友们应该明白，人与其他动物的最大区别在于人有思想，可以从千变万化的事物中寻找规律，而不是像动物那样，遵循自身的生物本能。因此，当陷入困境时，我们不妨变换思路。眼前一片黑暗，也许只因为我们背对着阳光，只要转过身子，就会看到光明。

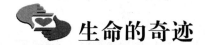 # 生命的奇迹

约翰出生时下半身就瘫痪了，当时他的母亲哭得死去活来。而他的父亲比较冷静，再三安慰妻子："我们要面对现实，生命在希望就在，不要绝望！"

约翰一岁半的时候做了两次手术，腰以下的神经无法恢复，连坐着都成问题。但几个月后，约翰竟奇迹般地坐了起来。不久，他开始尝试用双手走路。

开始上学了，约翰每天都要装上重达5公斤的假肢和一截假体去学校。坐着轮椅上厕所很不方便，但每次都有同学帮助他。在这样的环境下，约翰爱生命，爱身边的每一个人。

约翰喜欢摄影，一有空，他就挂上相机，摇轮椅到附近的公园去。他一边给人拍照，一边不停地赞美："你真漂亮，等照片洗出来我要挂在房间里做装饰。"说得姑娘们喜滋滋的。他帮妈妈干活，有时也替邻居剪草、洗车。如今，约翰已经是英国有名的小影星了。他成功地主演了影片《生命的奇迹》。

约翰的一位邻居说："我们热爱约翰，是他使我们增强了战胜困难的勇气。我们要像约翰那样，对生活充满自信！"

★★★★★★★★★★
智慧感悟

一位哲学家曾经说过："微笑对于一切痛苦都有着超然的力量，甚至能改变人的一生。"

这句话一点儿也没错，其实每个人都会遇到挫折，但是微笑的人善于把挫折锤炼成壮美的诗歌；把挫折化作心灵的灯盏，照耀前进的

路；把生命的绊脚石转变为人生的垫脚石。

在面临挫折时，不妨抬头看看蓝蓝的天空，在伟大和浩渺的苍穹面前，你会觉得，眼前的挫折一步就可以跨越！

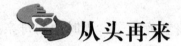 # 从头再来

英国史学家卡莱尔费尽心血，经过多年的努力，完成了《法国大革命史》的全部文稿，他将这本巨著的原件送给一位朋友阅读，请朋友批评指教。

谁知隔了没几天，朋友脸色苍白、浑身发抖地跑来，向他报告了一个悲惨的消息。原来《法国大革命史》的原稿，除了少数几张散页外，其他的已经全被女佣当作废纸，丢入火炉化为灰烬了。

失望陡然间充满了卡莱尔心间，因为那是他呕心沥血才撰写完成的。当初他每写完一章，就随手把原来的笔记撕成碎片，所以没有留下任何记录。

但第二天，卡莱尔重振精神，又买了一大沓稿纸。他说："这一切就像我把笔记簿交给小学老师批改时，老师对我说'不行！孩子，你一定要写得更好些！'"

我们现在所读到的《法国大革命史》，正是卡莱尔重新写过的那本。

 智慧感悟

当事情已发生，无法改变时，我们不能只凭空抱怨，而要有从头再来的决心。

为什么有的人大落之后能东山再起？就在于他能忍受得住挫折、

失败、考验和痛苦。并能坚持信念，不停顿地前进，不停顿地拼搏、奋斗，屡扑屡起，终于成为伟人。

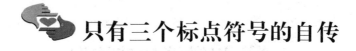

只有三个标点符号的自传

世界上只有一种英雄主义，那就是了解生命而且热爱生命的人。

——罗曼·罗兰

在一次宴会上，美国著名社会心理学家巴尔肯博士提议，每人使用最简短的话写一篇"自传"，行文用句要短到甚至可以作为死后刻在墓碑上的墓志铭。于是乎大家凝神苦思，开始写作。

其中一个满脸沮丧的青年，交给巴尔肯一纸通篇只有三个标点符号的"自传"：一个破折号"——"、一个感叹号"！"和一个句号"。"。

巴尔肯问他是什么意思，年轻人凄然地说："一阵横冲直撞，落了个伤心自叹，到头来只好完蛋。"

巴尔肯略一沉思，提笔在这篇"自传"的下边有力地画了三个标点符号：一个顿号"、"，一个省略号"……"和一个大问号"？"。

接着，博士用他那特有的鼓励口吻，对这位自暴自弃的青年说："青年时期是人生一小站；道路漫长，希望无边；岂不闻'浪子回头金不换'？"

青年人的眼睛慢慢燃起了希望。

★☆★ 智慧感悟 ★☆★

相同的事情，我们一定要习惯用乐观积极的双眼来看它。

遭遇挫折，放大痛苦，只会让生命暗淡。遭遇挫折，让微笑去代替痛苦，让进取去代替沉沦，让振作去代替失意，不要因为一次小小的挫折而放弃美丽的一生。笑对挫折，会让你领略到清风、明月的美丽和最终胜利的喜悦。

 # 用微笑代替流泪

在美国艾奥瓦州的一座山丘上，有一间奇怪的房子，房子不含任何合成材料，完全用天然物质搭建而成。住在房子里的人需要依靠人工灌注的氧气生存，并只能以传真与外界交流。

这间房子里住着的人叫辛蒂。十几年前，辛蒂还在医科大学念书的时候，有一次，她到山上散步，抓回一些蚜虫。她拿起杀虫剂为蚜虫清除化学污染时，突然感到一阵眩晕，原以为那只是暂时性的症状，却没有料到自己的后半生从此变为一场噩梦。

那种杀虫剂内所含的某种化学物质，使辛蒂的免疫系统遭到破坏，使她对香水、洗发水以及其他可能接触到的一切化学物质过敏，连空气都有可能使她的支气管发炎。这种"多重化学物质过敏症"是一种奇怪的慢性病，迄今为止仍无药可医。

起初的几年，辛蒂一直流口水，尿液呈绿色，有毒的汗水刺激背部，腐蚀出一块块疤痕。她甚至连经过防火处理的床垫也不能睡，否则就会引发心悸和四肢抽搐——辛蒂所承受的痛苦是令人难以想象的。1989年，她的丈夫吉姆用钢和玻璃为她盖了一所无毒房间，一个足以逃避世间一切威胁的"世外桃源"。辛蒂所有吃的、喝的都需要选择与处理，且平时只能喝蒸馏水，食物中不能含有任何化学成分。

十几年来，辛蒂见不到1棵花草，听不见一首悠扬的音乐，感觉不到阳光、流水和风的快慰。她封闭在没有任何饰物的小屋里，饱尝孤

独之苦。更为煎熬的是，不管怎样难受，她都不能哭泣，因为她的眼泪跟汗液一样也是有毒的。

　　然而坚强的辛蒂并没有在痛苦中自暴自弃，她努力地为自己，同时更为所有化学污染物的受害者争取权益。辛蒂生病后的第二年就创建了"环境接触研究网"以便为那些致力这类病症研究的人士提供一个信息窗口。1994年辛蒂又与另一组织合作，创建了"化学物质伤害资讯网"，目前这一资讯网已有数千名来自几十个国家的会员，不仅发行了刊物，还得到美国上议院、欧盟及联合国的大力支持。

　　在最初的日子里，辛蒂每天都深埋在痛苦之中，想哭却不敢哭。随着时间的推移，她渐渐改变了对生活的态度，她说："在这寂静的世界里，我生活得很充实。因为不能流泪，所以我选择了微笑。"

智 慧 感 悟

　　生活是个万花筒，不免会有忧郁、烦恼的花，破坏你的好心情，使你的生活黯然失色。此时，你不妨在心中种一棵"忘忧草"，让它帮你遮挡忧郁，给你的心灵带来芳香与快乐。如果不能哭泣，那么我们就要选择微笑。生活教会我们必须如此。

不幸中的幸运

　　有一个富翁，在一桩大生意中赔光了所有的钱，并且欠下了债。他卖掉房子、汽车，终于还清了债务。

　　此刻，他孤独一人，无儿无女，穷困潦倒，唯独剩下一只心爱的狗和一本书。在一个大雪纷飞的夜晚，他流浪到一座荒僻的村庄，找到一个避风的茅棚。他看到里面有一盏油灯，于是用身上仅存的一根火柴点燃油灯，拿出书准备读。但是一阵风把灯吹灭了，四周立刻漆黑一片。这位孤独的老人陷入了黑暗之中，对人生感到彻底的绝望，甚至想结束自己的生命。但是，立在身边的狗给了他一丝慰藉，他无奈地叹了一口气沉沉睡去。

第二天醒来，他忽然发现心爱的狗也死在门外。抚摸着这只相依为命的狗，他决心要结束自己的生命，因为世间再没有什么值得留恋了。于是，他最后扫视了一眼周围的一切。这时，他忽然发现整个村庄都沉浸在一片可怕的寂静之中。他不由得疾步向前，啊，太可怕了，尸体，到处是尸体，一片可怕的死寂。这个村昨夜遭到了匪徒的洗劫，整个村庄一个活口也没留下来。

看到这可怕的场面，老人不由得心念急转，真是幸运！我是这里唯一幸存的人，我一定要坚强地活下去。此时，一轮红日冉冉升起，照得四周一片光亮，老人欣慰地想：我是唯一的幸存者，我没有理由不珍惜自己，虽然我失去了心爱的狗，但是，我还有生命，这才是人生最宝贵的。

老人怀着坚定的信念，迎着灿烂的朝阳又出发了。

★智慧感悟★

无论境遇有多艰难，即使看起来完全没有出路，也要心存阳光，微笑面对，至少我们是健康的，只要我们有智慧和力量，就能处理一切困难。

随着时间的推移，我们终有一天会明白：世上一切都是虚妄，唯有活着才最真实、最重要。

成功并非像想象的那么难

1965 年，一位韩国留学生到剑桥大学主修心理学，在每天喝下午茶的时候，常到学校的咖啡厅或茶座听一些成功人士举办的聊天会，这些成功人士包括诺贝尔奖获得者、某一领域的学术权威和一些创造了经济神话的人。这些人幽默风趣，把自己的成功都看得非常自然和顺理成章。时间长了，他发现，在国内时，他被一些成功人士欺骗了。那些人为了让正在创业的人知难而退，普遍把自己的创业艰辛夸大了，也就是说，他们在用自己的成功经历吓唬那些还没有取得成功的人。

作为心理学系的学生，他认为很有必要对韩国成功人士的心态进行深入研究。1970 年，他把《成功不像你想象的那么难》作为毕业论文，提交给现代经济心理学的创始人威尔·布雷登教授。布雷登教授读后，大为惊喜，他认为这是一个新发现，这种现象虽然在东方乃至世界各地都普遍存在，但还没有一个人能大胆地提出来进行研究。

惊喜之余，他写信给他的剑桥校友——当时坐在韩国政坛第一把交椅上的朴正熙。他在信中说："我不敢说这部著作对你有多大的帮助，但我敢肯定它比你的任何一个政令都能产生震动。"

后来，这部书果然伴随着韩国的经济起飞了。这位青年也理所当然地获得了成功，成了韩国泛亚汽车公司的总裁。

许多时候我们不是没有成功的能力，更不是缺乏成功的机会，而是被自己的远大理想吓倒了。

其实，成功并不是那么难，也没有那么遥远。

因为没有比脚更远的路，任何事情都是一步一步干出来的。

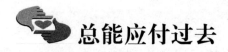 # 总能应付过去

辛·吉尼普的父亲得肺结核的那段日子，正值全美经济危机，吉尼普和妻子先后失业，经济拮据。父亲的病使得本不富裕的家里雪上加霜。老吉尼普仗着自己曾经是俄亥俄州的拳击冠军，有着硬朗的身子，才挺了很长时间。

那天，吃罢晚饭，父亲把他们叫到病榻前。他一阵接一阵地咳嗽，脸色苍白。他艰难地扫了每个人一眼，缓缓地说："我想告诉你们一件事情。那是在一次全州冠军对抗赛上，我的对手是个人高马大的黑人拳击手，而我个子矮小，一次次被对方击倒，牙齿也出血了。我在台上不只一次地想过要放弃。但在休息时，教练鼓励我说：'辛，你不痛，你能挺到第十二局！'我也跟着说：'不痛。我能应付过去！'之后，我感到自己的身子像一块石头、像一块钢板，对手的拳头击打在我身上发出空洞的声音。跌倒了又爬起来，爬起来又被击倒了，但我终于熬到了第十二局。对手战栗了，而我开始了反攻，我是用我的意志在击打，长拳、勾拳，又一记重拳，我的血同他的血混在一起。眼前有无数个影子在晃，我对准中间的那一个狠命地打去……他倒下了，而我终于挺过来了。哦，那是我唯一的一枚金牌。"

说话间，他又咳嗽起来，额上汗珠纷纷而下。他紧握着吉尼普的手，苦涩地一笑："不要紧，才一点点痛，我能应付过去。"

第二天，父亲就去世了。

父亲死后，家里境况更加艰难。吉尼普和妻子天天跑出去找工作，晚上回来，总是面对面地摇头，但他们不气馁，互相鼓励说："不要

紧，我们会应付过去的。"

后来，吉尼普和妻子都重新找到了工作，当坐在餐桌旁静静地吃着晚餐的时候，他们总会想到父亲，想到父亲的那句话：我能应付过去。

★智 慧 感 悟★

就像不可能总是一帆风顺一样，我们不会总处于困境之中。困境只是上苍对我们的考验，我们应该仰起头，微笑着说："一切都能应付过去！"

 **我选择你**

从前有一个拥有万贯家财的大富翁，知道自己得了不治之症，所剩的日子也不多了，打算把遗产交付给自己的独生子。

此时独生子正好到外地去做生意，短时间内无法回来，而大富翁又担心自己的遗产被仆人侵占，于是就立好遗嘱以防万一。

富翁："仆人哪，儿子归期未定，但我的病一天一天恶化，如果有一天，我撑不下去，闭上眼了，但是儿子还没回来，你就把这份东西交给儿子。"

仆人："这是什么呀？"

富翁："你别问，只要交给他就行了。"

果然，等不及独生子返乡，大富翁就撒手人寰了，仆人于是把遗嘱转交给独生子。

而仆人早在富翁交遗嘱给他时，趁着机会擅自篡改成对自己有利的内容。

等到独生子回来一看，上面竟然写着："我所有的财产之中，可以由独生子任选其中的一项，其余的则全部送给多年服侍我、陪在我身边的仆人。"

仆人心想自己就要成为大富翁了，得意地问独生子："这么多的财产，你就好好地挑一样吧，我不会吝啬的!"

独生子想一想之后说："我决定了。"

仆人："你尽管说吧!"

独生子大声地说："我选的就是你!"

★智慧感悟★

智慧能够逢凶化吉、化险为夷，然而这一切都要仰仗一颗善于思考的大脑。在对自己不利的较量中，我们不能自暴自弃，也不必拼个你死我活，而是要运用一股"四两拨千斤"的巧力。

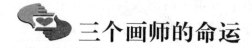 **三个画师的命运**

相传古时候有一个国王，长得十分丑陋，他1只眼睛瞎了，1条腿还瘸着。

然而，就是这样的一个国王，有一天竟召集全国的画师来为他画像，并且发出话来：画得好的有赏，画得不好的要杀头。

一个画师画了一张画像呈献给国王，只见画像上的国王不瞎不瘸也不丑，仪态端庄，威严无比。谁知国王一看便勃然大怒道："善于弄虚作假、阿谀奉承的人，一定是个有野心的小人，留着何用，拉出去斩首!"

这个画师被杀了。

第二个画师又画了一张画像呈献给国王。只见画像上的国王瞎着 1 只眼，瘸着 1 条腿，哪里有一点儿一国之主的威严相？国王一看怒火中烧，大喝道："竟敢丑化国王，冒犯天威，此等狂妄之徒，留着何用，拉出去斩首！"

第二个画师也被杀了。

正当其他画师为难之时，人群中闪出一个人来，他双手呈上一幅画像给国王。国王一看这幅画像，不禁连连称叹，赞不绝口，并将画像赐给群臣观赏。

这是一幅国王狩猎图。只见国王一条腿站在地上，一条腿在一个树墩上，睁着一只眼，闭着一只眼，正在举枪瞄准。多么巧妙的一幅画！

百官惊叹不已，画师们更是啧啧连声，自叹不如。国王赐给这个画师千两黄金作为奖赏。

★智慧感悟★

同样的事情因为不同的人来做，结果也不尽相同，但三人命运迥异的根本原因在于三个画师的思维方式不同。

聪明的人们总能在诚实、尊重事实的基础上，做到不伤害他人的感情，这才是智者的选择。

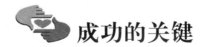

成功的关键

在某市公安局的一次培训课堂上，老师讲了一个这样的故事：

有人去买警犬，中国香港警犬要 10 万元，而德国警犬要 100 万元。到底有什么区别呢？买主拿了一包海洛因给它们闻，然后藏起来。两条警犬同时被放出，也同时找出了海洛因。

"10万元的中国香港警犬和100万元的德国警犬也差不多嘛。"买主说。但卖警犬的人提议再试一次。同样是藏海洛因，但这次在路上出现了一条母狗。两条警犬被放出后，同样直奔海洛因所在地。区别出来了：中国香港警犬开始注意母狗，越跑越慢，并且与母狗亲热起来；而德国警犬置若罔闻，狂奔至终点。

所以，10万的中国香港警犬与100万元的德国警犬还是有本质区别的，即目标明确后，能否经受住各种诱惑。能够经受各种诱惑，始终如一地朝着目标进发，才能真正完成好任务。而老是受到各种干扰，完成任务的时间、质量就要打折扣。

接着，老师说："如果你每年年底存1.4万元，并且将存下的钱都投资到股票或房地产上，因而获得平均每年20%的投资回报率，那么10年后，是36万元。"

老师看了看大家，问道："如果存40年后是多少？"

大家纷纷说出自已的答案，不过最多的是猜两三百万元。

老师一步一步地演算给大家看，最后却是1.0281亿元！

全场的人都惊呆了！

"成功的关键是目标明确后，坚持、坚持，再坚持。但坚持10年就已经不易了，而要坚持40年更是难上加难，奇迹就是这样创造的。"老师最后总结道。

★★★★★ 智慧感悟 ★★★★★

著名政治家丘吉尔曾说过："只要你认准一个目标，不懈地坚持，无论多么困难都不要放弃！成功与荣耀就是属于这样的人！"

奇迹谁都想看到，卓越也是每个人心中都想拥有的梦想，那么让我们共同"坚持"一个辉煌的理想！

 **感谢伤口**

约翰逊的情绪低落，众多朋友的劝说均告无效。但是，正当他很绝望的时候，他的心病却好了。治好他心病的是他一位多年的老朋友以及朋友的儿子。约翰逊这么讲述他的治疗过程：

朋友 3 岁的儿子罹患先天性心脏病，最近动过一次手术，胸前留下一道深长的伤口。

朋友告诉我，孩子有天换衣服时，从镜中照见疤痕，竟骇然而哭。

"我身上的伤口这么长！我永远不会好了。"她转述孩子的话。

孩子的敏感早熟令我惊讶，朋友的反应更让我动容。

她心酸之余，解开自己的裤子，露出当年剖腹生产留下的刀口给孩子看。

"你看，妈妈身上也有一道这么长的伤口。"

"因为以前你还在妈妈肚子里的时候生病了，没有力气出来，幸好医生把妈妈的肚子切开，才把你救出来，不然你就会死在妈妈的肚子里面。妈妈一辈子都感谢这道伤口呢！"

"同样，你也要谢谢你的伤口，不然你的小心脏也会死掉，见不到妈妈。"

感谢伤口？这四个字如钟鼓声直撞心中，我不由得低下头，检视自己的伤口。

它不在身上，而在心中。

那时候，工作屡遭挫折，加上在外独居，生活寂寞无依，更加重了情绪的沮丧、消沉，但生性自傲的我，不甘示弱，企图用光鲜的外表、强悍的语言抵御。

隐忍内伤的结果，是溃烂、化脓，直至发觉自己已经开始依赖于酒来逃避现实的窘况时，才决定结束这颓败的生活，辞职搬回父母家。

如今伤势虽未再恶化，但这次失败的经验像一道丑陋的疤痕，刻在胸口。认输、撤退的感觉日复一日地强烈，自责最后演为自卑，使我彻底怀疑自己的能力。

好长一段时日，我蛰居家中，对未来裹足不前。

朋友让我懂得从另一方面来看待这道伤口：庆幸自己还有勇气承认失败，重新来过，并且以它时时警惕自己，作为匡正以往浮夸、矫饰作风的记号。

感谢伤口，更感谢朋友！

智慧感悟

对自己的弱点和失败避之唯恐不及，试图找理由逃避，最终不是失败的痛楚再次使你倒下，就是在遮蔽中失去其他值得留存的东西。

讳疾忌医的人是多么的不明智，因为躲不掉疾病的身影，却会躲掉及时救治的机会。

第六章

付出是它自己的回报

我们当中许多人都听过这个说法："付出是它自己的回报。""分享才会有获取。"的确是这样，灵魂最美的音乐是善良与爱。如果你想要用爱或其他有价值的事物充实人生，也是同样的道理。付出和回收是一体的两面，如果你想要更多的爱、乐趣、尊重、成功或任何东西，方法很简单：付出。

给予是快乐着的

一个美丽的圣诞之夜，哥特的哥哥送给他一辆新车作为圣诞礼物。圣诞节的前一天，哥特从他的办公室出来时，看到街上一个小男孩在他闪亮的新车旁走来走去，并不时触摸它，满脸羡慕的神情。

哥特饶有兴趣地看着这个小男孩。从他的衣着来看，他的家庭显然不属于自己这个阶层。就在这时，小男孩抬起头，问道："先生，这是你的车吗？"

"是啊，"哥特说，"这是我哥哥送给我的圣诞礼物。"

小男孩睁大了眼睛："你是说，这是你哥哥送你的，而你不用花一角钱？"

哥特点点头。小男孩说："哇！我希望……"

哥特原以为小男孩希望的是也能有一个这样的哥哥，但小男孩说出的是："我希望自己也能当这样的哥哥。"

哥特深受感动地看着这个男孩，然后问他："要不要坐我的新车去兜风？"

小男孩惊喜万分地答应了。

逛了一会儿之后，小男孩转身向哥特说："先生，能不能麻烦你把车开到我家门前？"

哥特微微一笑，他理解小男孩的想法：坐一辆大而漂亮的车子回家，在小朋友面前是很神气的事。但他又想错了。

"麻烦你停在两个台阶那里，等我一下好吗？"

小男孩跳下车，三步并作两步地跑上台阶，进入屋内。不一会儿他出来了，并带着一个显然是他弟弟的小孩。这个小孩因患小儿麻痹症而跛着一只脚。他把弟弟安置在下边的台阶上，紧靠着他坐下，然后指着哥特的车子说："看见了吗？就像我在楼上跟你讲的一样，很漂亮对不对？这是他哥哥送给他的圣诞礼物，他不用花一角钱！将来有一天我也要送你一部和这一样的车子，这样你就可以看到我一直跟你讲的橱窗里那些好看的圣诞礼物了。"

哥特的眼睛湿润了，他走下车子，将小弟弟抱到车子前排座位上。他的哥哥眼睛里闪着喜悦的光芒，也爬了上来。于是三个人开始了一次令人难忘的假日之旅。

在这个圣诞节，哥特明白了一个道理：带着感恩的心给予别人一些东西比接受更令人快乐。

★ 智 慧 感 悟 ★

生活中，很多人都只是一味索取，但他们快乐吗？当他们想得到更多的时候，他们丧失了更宝贵的东西，原因只有一个，那就是他们缺乏一颗感恩的心。而懂得付出的人，就像那个小男孩一般，不仅感动了别人，更让自己充满快乐。付出，并不是没有收获，它会让你获得更美好的人生体验。

在你的生命过程中，有过很多人、很多事都值得你去付出，不管是现在、过去还是未来，只要你心怀感恩，付出你的爱心，你收获的一定是更加美好的生活。

感恩和幸运毗邻

一

一家外资公司的公关部需要招聘一位职员，前来应聘的人经过甄选，最后只剩下了五个。公司告诉这五个人，聘用谁得由经理层会议讨论才能决定，结果会在三天内发到他们的邮箱里。

三天后，其中一位的电子邮箱里收到一封信，信是公司人事部发来的，内容是："经过公司研究决定，很抱歉，你落聘了。我们虽然很欣赏你的学识、气质，但名额有限，这实是割爱之举。公司以后若有招聘名额，必会优先通知你。你所提交的材料在被复印后，不日将邮寄返还于你。另外，为感谢你对本公司的信任，还随信寄去本公司产品的优惠券一份。祝你好运！"

看完电子邮件，她知道自己落聘了，有点难过！但又为该公司的诚意所感动，便顺手花了1分钟时间回复了一封简短的感谢信。

但在两天后，她却接到了那家外资公司的电话，说经过经理层会议讨论，她已被正式录用为该公司职员。

她很不解，后来才明白邮件其实是公司最后的一道考题。她能胜出，只不过因为多花了1分钟时间去感谢。

二

阿龙高中毕业后随老乡到南方打工。他们在码头的一个仓库给人家缝补篷布。阿龙为自己有了一份工作而感恩着，所以工作十分卖力。他很能干，活儿也精细，常常看到丢弃的线头碎布也会随手拾起来，留着备用，好像这个公司是他自己开的一样。

一天夜里，暴风雨骤起，阿龙从床上爬起来，拿起手电筒就冲到大雨中。老乡劝不住他，骂他是个傻蛋。在露天仓库里，阿龙察看了一个又一个货堆，加固被掀起的篷布。这时候老板正好开车过来，只见阿龙已经成了一个水人儿。

当老板看到货物完好无损时，当场表示要给阿龙加薪。阿龙却说："不用了，我只是看看我缝补的篷布结不结实。再说，我就住在仓库旁，顺便看看货物只不过是举手之劳。"老板见他如此诚实，如此有责任心，就让他到自己的另一个公司当经理。

而那个老乡，再也没有被这家公司录用。

智慧感悟

生命的整体是相互依存的，世界上每一样东西都依赖其他一样东西。父母的养育，师长的教诲，他人的服务，大自然的慷慨赐予……你从出生那天起，便沉浸在恩惠的海洋里。只有你真正明白了这个道理，你才会感恩一切，善待一切。而正是因为你善待了这一切，才会由此得到善待，获得自己以为的太丰厚的回报。

感恩，就是这样一种与幸运毗邻的大智慧。

 **感恩赢得青睐**

在《晨报》上，有一篇这样的文章，深深讲出了感恩所带给人们的温暖：

我一路走去，街面上东一个，西一个，站着一些分发广告的青年男女。一个腼腆的女孩朝我走来，发给我两张广告。我问她："你为什么给我两张同样的广告呢？"女孩羞涩一笑："我们有任务的，发完这些，才可以回家。"我笑了，头上是毒辣辣的阳光，我点点头，表示理解。

继续朝前走，就发现刚才那个女孩并不贪心。一路上，有一下塞给我三张五张的，还有些盯着行人傻笑，你若冲他一乐，他便热情地走来，呼啦，撂给你一摞广告，而后笑嘻嘻地离去。至于你如何处理这些广告，自然与他无关。

他站在太阳底下，丁字路口，身上背着一个军用水壶，手上捧着一摞广告。他往行人手上递广告，一人一张，不会多给。他看上去有点黑，但脸上始终呈现出真诚的微笑，他对每一个接纳广告的行人说：

谢谢。

我伸出手去，向他索要广告，他憨厚一笑，摇摇头："大哥，您手上已经有不少了，我不能再给您。"我望着他，突然有点感慨："来吧，我帮你一起发！"夜幕降临时，我们终于发完了广告。我从兜里掏出一张名片，说："明天，你按这个地址来找我吧。"

其实，这些年轻人都是公司新近招收的大学毕业生，为磨炼他们，公司安排他们上街分发广告。我则是经理派出的"密探"，旨在从这些新人中筛选出一名诚实可靠、能吃苦耐劳的人做业务主办。

翌日，走进我办公室的他，穿着白色的衬衫，深色的裤子，黑色的皮鞋和袜子，衣服有些旧，但干净朴素。我握着他的手说："恭喜你，你就是我要举荐的人，你靠你的吃苦耐劳和诚实的精神，打败了所有的对手。"他谦恭地一笑，沉默了一会儿，摇了摇头说："不，我没想过打败谁，您说的'苦'，与我所得到的恩惠相比，真的算不了什么。我是一个山里的孩子，爹娘为供我上学卖掉了房子；我是贫困生，在校期间有好心人捐助我，帮我完成学业；大学一毕业，贵公司就接纳了我。我是一个被恩泽滋养起来的孩子，所以，除了感恩，除了努力做好大大小小每一件事，我再没有别的选择。"

我决定竭力举荐他，我想，没有谁比一个心怀感恩的人更值得信任的了。

智慧感悟

对于懂得感恩的人，上天总会给予慷慨的奖赏，对于不知感恩的人，上天则会让他经受更多的不如意和磨难，直到他悔过开悟，才会得到命运制胜的垂青。在面临金融风暴的今天，我们更应该明白，心怀感恩才能让人信赖，让机会与工作不请自来。

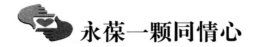

永葆一颗同情心

一个极其寒冷的冬日的夜晚，路边一间简陋的旅店迎来了一对上了年纪的客人。然而不幸的是，这间小旅店早就客满了。"这已是我们寻找的第十六家旅社了，这鬼天气，到处客满，我们怎么办呢？"这对老夫妻望着店外阴冷的夜晚发愁地说。

店里的小伙计不忍心这对老人出去受冻，便建议说："如果你们不嫌弃的话，今晚就住在我的床铺上吧，我自己在店堂里打个地铺。"老夫妻非常感激，第二天要照店价付客房费，小伙计坚决拒绝了。临走时，老夫妻开玩笑地说："你经营旅店的才能真够得上当一家五星级酒店的总经理。""那敢情好！起码收入多些可以养活我的老母亲。"小伙计随口应道，哈哈一笑。

没想到两年后的一天，小伙计收到一封寄自纽约的来信，信中夹有一张往返纽约的双程机票，邀请他去拜访当年那对睡他床铺的老夫妻。

小伙计来到繁华的大都市纽约，老夫妻把小伙计引到第五大街和三十四街交汇处，指着那儿的一幢摩天大楼说："这是一座专门为你兴建的五星级宾馆，现在我们正式邀请你来当总经理。"

年轻的小伙计因为一次举手之劳的助人行为，美梦成真。

这就是著名的奥斯多利亚大饭店经理乔治·波非特和他的恩人威廉先生一家的真实故事。

帮助他人就是帮助自己，要时刻保持一颗同情心。我们不能对身

处困境的人熟视无睹，那种丧失了同情心的人同时也会把自己推进冷漠的世界。行善是一种美德。善行既可以帮助身处困境中的人，又可以使自己的心灵得到安慰，使自己的修养得到提升。

让我们懂得分享，并感恩分享吧，因为分享，爱得到了传递，彼此达到了共赢的快乐，为什么不这样呢！

 # 复制快乐的酒香：分享

收藏家拉希德先生有 8000 多把梳子，枣木梳、牛角梳、象牙梳、玉梳、角梳应有尽有。据他自己说，他有 5 把英国女王伊丽莎白一世的梳子。女王的梳子上还挂着一根弯弯曲曲的亚麻色的头发，光这根头发就价值连城啊！拉希德先生的梳子用"老虎嘴"牌保险柜锁着，柜上常年放着一把子弹上膛的手枪。

"你就说世界上这梳子，哈哈……"拉希德先生骄傲得不行，总是说着这样的半句话。"你想看看我的收藏？那怎么行啊？"拉希德先生常常这样自问自答。"爸爸，您有许多梳子是吗？"拉希德先生的儿子央求说，"我想看看！""不行！"拉希德先生简直吓坏了，赶紧把保险柜的钥匙缝在内裤上。"你小孩子家嘴巴不严，没准惹出什么祸事来呢！爸爸哪有什么梳子呀！"儿子流下了委屈的泪水。"他爸。"他的妻子说，"我知道你有梳子，难道连我也不能看一眼吗？""不行！"拉希德先生埋下头来，说："你们妇人家，浅薄得很，没准……其实梳子有什么好看的呢？"拉希德先生的内裤改由自己来洗了，因为那上面有保险柜的钥匙啊。为了最大程度地显示自己的富有，拉希德先生几经辗转，好不容易来到一座没有梳子的城市。"亲爱的市民们，你们知道吗，世界上有一种东西叫梳子，能够把头发弄得格外理顺，没见过吧？哈哈，鄙人拥有 8000 多把梳子！"拉希德先生在人们的眼神里寻找崇拜和恭维，然而他没有得到。你想啊，在一个没有梳子的城市里，也就没人听得懂他的话了。所以说，拉希德先生天天说话，却等于白说。

斗转星移，岁月如梭，拉希德先生老了。他的藏品，保密了一辈子，谁都没看见。现在，他不知道该怎么办了。卖掉吗？要钱做什么呢？继续保密吗？他觉得够没意思的了。他回想了一下，自己一辈子竟没见过别人给他的一丝笑容。

有一天，拉希德先生坐在1棵大树下昏昏欲睡，他怎么也没想到，有1头狮子从后面走了过来。狮子是从动物园里跑出来的。这是1头雄狮，长长的鬣毛有些肮脏，可它仍然不失威武。当拉希德先生发现狮子时，吓得魂飞魄散、瘫软如泥了。"先生您好，"狮子开口说，"我很难受，我的鬣毛粘在了一起，硬邦邦的，我一点儿办法都没有。请问，您能帮我个忙吗？"拉希德先生赶紧讨好地说："能啊，能的！我有梳子，有许多许多梳子啊！狮子先生，您稍等啊！"狮子跟着他，来到他的住所。拉希德先生打开保险柜，取出大大小小、疏疏密密、各式各样的梳子。狮子看得有些眼花缭乱了。拉希德先生耐心地、又很小心地给狮子梳通鬣毛，梳子当然是先用疏的，后用密的了。他还打了些水来，把狮子鬣毛上的脏东西清洗掉。

狮子乖乖地等着，像猫儿一样温驯，后来竟打起了呼噜。拉希德先生累得满头大汗，花去了3个小时才做完。狮子觉得非常舒服，连连感谢。拉希德先生让狮子照了照镜子，狮子露出了动物的让人难得一见的笑容。"太谢谢您了，看来梳子真是世间的宝贝，您有这么多宝贝，我羡慕死了！"拉希德先生被狮子的笑容感动了。他一股脑儿地把所有的梳子都拿了出来，送给了狮子和市民。

从此，这座城市有了一种新的文明。拉希德先生本是一个守财奴，千方百计藏着自己的梳子，从不给人看，连他家里人都不例外。这样的人当然不受欢迎，一辈子竟没见过别人给他的一丝笑容。所以他的生活一点都不开心。后来，他转变了，用自己心爱的梳子为狮子梳毛发。他终于体验到与别人共同分享的愉悦之感。他的付出也得到了回报，大家开始喜欢他了。

★智慧感悟★

分享与协同是团结和信任的纽带，只有与他人共享资源和机会，才能在团结互助的氛围下获得"共赢"。与金钱不一样，智慧和机会是越分享越多的。这样我们就会更加深刻地体会到，所谓"分享"就是能"分"才能"享"。

一棵树，无论它怎样伟岸、粗壮和挺拔，也成不了一片森林；一块石头，无论它怎样大，也成不了一面墙。把自己融入团队之中，与大家齐心协力，树方能为林，石才足以成墙。只有做一个出色的"分享者"，你才能一步一步走向期待已久的成功。

所以，让自己豁达和大度一些，甘于做一个"分享者"，最终才能收获金灿灿的果实。

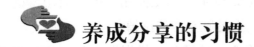

养成分享的习惯

一群幼教专家要进行幼儿心理测试，于是来到了一所幼儿园。

他们首先出了这样一个题目："一个小弟弟发烧了，他冷得直哆嗦，你愿意借给他外套穿吗？"结果孩子们半天都不回答。

老师着急了，她点名时问一个孩子，孩子回答说："病了会传染的，他穿了我的衣服，那我也该生病了，我妈妈还得花钱。"

另外一个孩子则说："我妈妈不让，我妈妈会打我的。"

第三个孩子说："给我弄脏了怎么办？"

第四个孩子说："怕弄丢了。"

结果半数以上的孩子都找出种种理由，表示不愿意借衣服给生病的小弟弟。

孩子们的回答听着让人心寒，另外一位不甘心的幼儿老师，叫来自己4岁的女儿问道："一个小朋友没吃早点，饿得直哭，你正在吃早点，你该怎么做呢？"见女儿不回答，她又引导："你给他吃吗？"

"不给！"女儿回答得十分干脆。

她又接着说："可是，那个小朋友都饿哭了呀！"

女儿竟答："他活该！"

★智慧感悟★

感恩，会让我们养成与人分享的习惯，比如在雨天里和没有带伞的同学合打一把伞，把自己的笔记借给其他同学，好吃的东西和父母一起品尝……只有这样，我们才能成为一个胸怀宽广、知恩图报的人；也只有这样，我们的心灵花园才会早日开出芳香的花朵。

分享让彼此的心离得更近

英国的爱特·威廉是一位举国皆知的大商人。但是说来奇怪，爱特·威廉创业初期的一切，竟然全是别人馈赠的。天下竟然有这样的好事？一次又一次地被人馈赠，然后成了事业。威廉真的就是这样。

爱特·威廉20岁的时候，还是一个整日守在河边打鱼的年轻人，天地十分狭小，根本看不出他的将来会有什么辉煌的成就。一天，一位过河人求助于威廉，原来过河人的一枚戒指不慎掉进了河里。过河人急得不行，他请威廉不管怎样，也要扎到船下帮他摸一摸。

谁想，爱特·威廉一个上午竟然什么也没干，反反复复一连扎到船下二十几次，但是依然没有摸到那枚戒指。爱特·威廉让过河人等，他跑向村里，不一会儿，找来了全村的男人。他请大家帮忙，都下河去摸戒指。为了摸到这枚戒指，一村的男人竟然又花费了整整半天的工夫。

过河人事先只答应给爱特·威廉一英镑的打捞费，想不到爱特·威廉竟然请来了这么多人，用了这么多的时间。这要多少报酬才行？过河人很犯难。谁想，威廉却一点儿都没有提报酬的事，一点没有计较这次打捞戒指的巨大成本。他只是想为过河人解决难题，打捞上戒指。仅此而已。

不久，这位过河人又路过此地，他又碰到了爱特·威廉。这时的河里已经没有多少鱼可打了。过河人对威廉说："威廉，你别打鱼了，我给你一个打气补胎的活，你足可以养家糊口。"从那以后，威廉便有了一个在路边修补汽车轮胎的活，完全是人馈赠的。

有一天，一辆小车子停在了威廉补胎的小店前，车上人要找一颗特别的螺丝钉，否则车就无法行驶。威廉翻遍了自己的小店，也没有找到这样的螺丝钉。但威廉并不甘心，他骑上自行车，赶了六七里路，在另一家修车店里，再次翻找了一遍，终于找到一颗一样的螺丝钉。当威廉满头大汗地返回，并将这颗螺丝钉安装在对方车上时，对方拿出了10英镑来感谢威廉，威廉却一分钱不收。他说这是颗丢在箱底的螺丝钉，是根本没有成本的。

威廉真是太让人感动了。不久，这辆小车的主人特地赶来，给了威廉一个五金店让他代理经营。威廉很惊讶，问对方为什么。

对方告诉威廉，威廉是他所遇到的最诚恳、最值得信任、最无私，也是最可爱的人。

★★★智慧感悟★★★

在这个世界上，让人深深感动、给人留下深刻印象的许多事物，往往都是因为不计成本地付出——根本不讲成本，这便是爱、奉献、真诚和伟大。而许多回赠的降临，许多奇迹的发生，往往也正是针对这种无成本的回报。

　　乐于分享是豁达，懂得分享是智慧，学会分享则是人格魅力的充分展现。分享是人际交往的一条积极纽带。没有这条纽带，人与人之间将会是一种冷漠的关系，当然也就谈不上真诚的合作与帮助了。懂得分享的人，在成功路上能得到更多人的尊重与帮助，也能悟到快乐的真谛，品味出人生的美丽。自私自利的人，不仅仅是对别人的吝啬，同时也妨碍了自己与别人的交流与合作，阻碍自己前进的道路。

　　分享是一种成功的大境界。真正的分享，是一种滤尽一切利欲渣滓的透明情怀。如果你出于一种功利性的目的，那么这种分享便是一种赤裸裸的交换，就失去了分享的高贵内涵和完美体验。你不能企求分享是一种等价交换，只有这样你才能得到他人真心的认同与感恩。

第七章

挫折是上天的礼物

　　思想有多远，就注定你能够走多远。世上无难事，只怕有心人，积极的思想几乎能够战胜世间的一切障碍。无论遇到什么样的艰难险阻，都始终拥有坚定的理想和希望，你就能创造人间的奇迹。

卖艺兄弟

谭盾是一个喜欢拉琴的年轻人，他刚到美国时，由于生计所迫，必须到街头拉小提琴卖艺来赚钱。

非常幸运，谭盾和一位认识的黑人琴手一起，抢到了一个最能赚钱的好地盘，即一家商业银行的门口。

过了一段时间，谭盾赚到了不少卖艺的钱后，就和那位黑人琴手道别，因为他想进入大学进修，更想和琴艺高超的同学相互切磋。在大学中，谭盾将全部的时间和精力投入提高音乐素养和琴艺中。

多年后，谭盾有一次路过那家商业银行，发现昔日的老友——那位黑人琴手，仍在那"最赚钱的地盘"拉琴。

当那个黑人琴手看见谭盾出现的时候，很高兴地问道："兄弟啊，你现在在哪里拉琴啊？"

谭盾回答了一个很有名的音乐厅的名字，但那个黑人琴手笑着问他："那家音乐厅的门前也是个好地盘，也很赚钱吗？"

他哪里知道，那时的谭盾，已经是一位国际知名的音乐家，他经常应邀在著名的音乐厅中登台献艺，而不是在门口拉琴卖艺。

★智慧感悟★

正如培根所说："奇迹多是在厄运中出现的。"因为每个人的心底都有一座潜能的宝库，它无时无刻不在运动，一旦达到爆发的极限，它就将划破黑暗，照亮一切，辉煌你的人生，而促使它爆发的是一颗永不衰竭的进取心和对幸福生活的向往。想成为一名生活中的强者，你就要勇敢地向困境宣战，像一名真正的水手那样投入生命的浪潮。

将梦想保持 30 年

有一位叫布莱克的教师在整理阁楼上的旧物时，无意中发现了一沓练习册。这些练习册原来是他任教的中学 A（3）班 41 位孩子的期末作文，题目叫《未来我是》。他本以为这些东西早就丢失了，没想到它们竟安然地躺在自己家里，并且一躺就是 30 年。

布莱克顺便翻看了几本，他很快被孩子们千奇百怪的自我设计迷住了。

其中，有一个学生说，未来的他是海军大臣，因为有一次他在海中游泳，喝了 2 升海水都没被淹死；还有一个说，自己将来必定是法国的总统，因为他能背出 26 个法国城市的名字，而同班的其他同学最多的只能背出 8 个；最让人称奇的是一个叫彼德的盲学生，他认为将来他必定是一位内阁大臣，因为在他们的国家还没有一个盲人进入过内阁。

总之，41 个孩子都在作文中描绘了自己的未来，有当驯狗师的，有当领航员的，有做王妃的……五花八门，应有尽有。

布莱克老师读着这些作文，突然有一种冲动——何不把这些本子重新发到同学们手中，让他们看看现在的自己是否实现了 30 年前的梦想。

一家报纸得知他这一想法后，为他发了一则启事。没几天，书信便向布莱克飞来了。他们中间有商人、学者及政府官员，更多的是普通的人。他们表示，很想知道儿时的梦想，并且很想得到那本作文本，布莱克按地址一一给他们寄了过去。

一年过去了，布莱克身边仅剩下一个作文本没人索要。他想这个叫彼德的人也许死了，毕竟 30 年了，30 年间是什么事都可能发生的。

就在布莱克准备把这个本子送给一家私人收藏馆时，他收到内阁教育大臣的一封信。信中说，那个叫彼德的就是他，不过他已经不需要这个本子了，因为从那时起，他的梦想就一直在脑子里，他没有一天放弃过。30 年过去了，他已经实现了那个梦想。另外，他还想通过这封信告诉其他的同学：假如谁能把想当总统的愿望保持 30 年，那么他现在一定已经是总统了。

挫折最害怕的敌人就是坚持梦想而不放弃的人。坚持不懈是一种难能可贵的品质，而轻易放弃的人多半做事半途而废，这样的品性往往会使他们与成功无缘。假如谁能把自己的梦想保持 30 年，那么他一定能实现自己的梦想。如果我们仔细想一想那些成绩卓越的人们，一定会发现他们的身上几乎都具备了执着的品质。

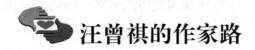

汪曾祺的作家路

　　1946 年的秋天，26 岁的汪曾祺从西南联大肄业后，只身来到上海，打算单枪匹马闯天下。在一间简陋的旅馆住下后，他开始四处找工作。工作显然不好找，他便每天在胳肢窝里夹本外国小说上街。走累了，他就找条石凳，点燃一支烟，有滋有味地吸着，同时，打开夹了一路的书，细心阅读起来。有时书读得上瘾了，干脆把找工作的事抛到一边，彻底跳入文字里沐浴。

　　日子越拖越久，兜里的大洋越来越少，能找的熟人都找了，能尝试的路子都尝试过了。终于，有一天下午，一股海涛般的狂躁顷刻间吞噬了他，他一反往日的温文尔雅，像一头暴怒不已的狮子，拼命地吼叫。他摔碎了旅馆里的茶壶、茶杯，烧毁了写了一半的手稿和书，然后给远在北京的沈从文先生写了一封诀别信。信邮走后，他拎着一瓶老酒来到大街上。他边迷迷糊糊地喝酒，边思考一种最佳的自杀方式。他一口口对着嘴巴猛灌烧酒，内心涌动着生不逢时的苍凉……晚上，几个相熟的朋友找到他，他已趴在街侧一隅醉昏了。

还没有从自杀情结中解脱出来的汪曾祺很快就接到了沈先生的回信。沈先生在信中把他臭骂了一顿，沈先生说："为了一时的困难，就这样哭哭啼啼地，甚至想到要自杀，真是没出息！你手里有一支笔，怕什么！"

沈先生在信中谈了他初来北京的遭遇。那时沈先生才刚刚 20 岁，在北京举目无亲，连标点符号都不会用，就梦想着用一支笔闯天下。但只读过小学的沈先生最终成功了，成为国内外享有盛誉的大作家。读着沈先生的信，回味着沈先生的往事和话语，汪曾祺先是如遭棒喝，后来一个人偷偷地乐了。

不久，在沈先生的推荐下，《文艺复兴》杂志发表了汪曾祺的两篇小说。后来，汪曾祺进了上海一家民办学校，当上了一名中学教师，再后来，他也和沈先生一样，成了国内外享有盛誉的作家。

智慧感悟

"在灰色的日子中，不要让冷酷的命运窃喜；命运既然来凌辱我们，就应该用处之泰然的态度予以报复。"命运从不相信眼泪，它相信的只有抗争命运的人。

哲学家的诞生

德国哲学家费希特在成名之前，曾去拜访赫赫有名的哲学家康德，想向他讨教一些问题，不料康德却很冷漠，拒绝了他。

费希特失去了一次机会，但他没有灰心，也没有陷入忧郁，而是反身自省。他想，我没有成果，两手空空，而康德早已是功成名就的大哲学家，所以他的淡漠其实是因为我。

在那之后，他埋头苦学，完成了一篇名为《天堂的批判》的论文，呈献给康德，并附上一封信。信中说：

"我是为了拜见自己最崇拜的大哲学家而来的，但仔细一想，我对本身是否有这种资格都未审慎考虑，感到万分抱歉。虽然我也可以索求其他名人函介，但我决心毛遂自荐，这篇论文就是我自己的介绍信。"

康德细读了费希特的论文，深为他的才华和独特的求学方式所震动，便决定"录取"他，然后亲笔写了一封热情洋溢的回信，邀请费希特一起探讨哲理。

由此，费希特得到了成功的机遇，后来成为德国著名的教育家和哲学家。

★★★ 智慧感悟 ★★★

要成功总是要披荆斩棘。费希特的故事给了我们足够的启示：只有真正的珍珠才不会被埋没。

也许你此刻还在为自己的命运哀叹，叹一生怀才不遇。但真实的情况是，你此时还不是真玉，只能算是一块璞玉，需要接受命运的雕琢。所以，与其哀叹，不如积极努力，这才是明智的选择。

经历痛苦，在痛苦中锻炼自己的智慧，就能在黑夜里看见灯光，在波浪中看到彼岸。

登上生命之巅

海伦·凯勒刚出生的时候，是个正常的婴儿，能看、能听，也会牙牙学语。可是，一场疾病使她丧失了视觉和听觉，那时，小海伦刚刚一岁半。

这样的打击，对于小海伦来说无疑是巨大的。每当遇到稍不顺心的事，她便会乱敲乱打，野蛮地用双手把食物塞入口里。若试图去纠正她，她就会在地上打滚，乱嚷乱叫，简直是个"小暴君"。父母在绝望之余，只好将她送至波士顿的一所盲人学校，特别聘请沙莉文老师照顾她。

在老师的教导和关怀下，小海伦渐渐地变得坚强起来，在学习上十分努力。

一次，老师告诉她："希腊诗人荷马也是一个盲人，但他没有对自己丧失信心，而是以刻苦努力的精神战胜了厄运，成为世界上最伟大的诗人。如果你想实现自己的追求，就要在你的心中牢牢地记住'努力'这个可以改变你一生的词，因为只要你选对了方向，而且努力地去拼搏，那么在这个世界上就没有比脚更高的山。"

老师的话，犹如黑夜中的明灯，照亮了小海伦的心。从那以后，小海伦在所有的事情上都比别人多付出了 10 倍的努力。

刚刚 10 岁的时候，她的名字就已传遍全美国，成为残疾人士的模范，一位真正的强者。

1893 年 5 月 8 日，是海伦最开心的一天，这也是电话发明者贝尔博士值得纪念的一日。贝尔在这一日建立了著名的国际聋人教育基金会，而为会址奠基的正是 13 岁的小海伦。

若说小海伦没有自卑感，那是不确切的，也是不公平的。幸运的是，她自小就在心底里树起了无比坚定的信心，完成了对自己的超越。

小海伦成名后，并未因此而自满，她继续孜孜不倦地努力学习。1900 年，这个年仅 20 岁，学习了指语法、凸字及发声，并通过这些方法获得超过常人知识的姑娘，进入了哈佛大学拉德克利夫学院学习。

她说出的第一句话是："我已经不是哑巴了！"她发觉自己的努力没有白费，兴奋异常，不断地重复说："我已经不是哑巴了！"

24 岁的时候，作为世界上第一个受到大学教育的盲聋人，她以优异的成绩毕业于世界著名的哈佛大学。

海伦不仅学会了说话，还学会了用打字机著书和写稿。她虽然是位盲人，但读过的书比视力正常的人还多。而且，她写了7册书，也比正常人更会鉴赏音乐。

海伦的触觉极为敏锐，只需用手指头轻轻地放在对方的嘴唇上，就能知道对方在说什么；她把手放在钢琴、小提琴的木质部分，就能"鉴赏"音乐。她能以收音机和音箱的振动来辨明声音，还能够利用手指轻轻地碰触对方的喉咙来"听歌"。

如果你和海伦·凯勒握过手，五年后你们再见面握手时，她也能凭着握手认出你来，知道你是美丽的、强壮的、幽默的，或者是满腹牢骚的人。

这个克服了常人"无法克服"的残疾的人，其事迹在全世界引起了震惊和赞赏。她大学毕业那年，人们在圣路易博览会上设立了"海伦·凯勒日"。

海伦始终对生命充满了信心，充满了热爱。

在第二次世界大战后，海伦·凯勒以一颗爱心在欧洲、亚洲、非洲各地巡回演讲，唤起了社会大众对身体残疾者的注意，被《大英百科全书》称颂为有史以来残疾人士中最有成就的由弱而强者。

美国作家马克·吐温评价说："19世纪中，最值得一提的人物是拿破仑和海伦·凯勒。"身受盲、聋、哑三重痛苦，却能克服残疾并向全世界投射出光明的海伦·凯勒，以及她的老师沙莉文女士的成功事迹，说明了什么问题呢？答案是很简单的：如果你在人生的道路上，选择信心与热爱以及努力作为支点，再高的山峰也会被踩在脚下，你就会攀登上生命之巅。

智慧感悟

面对同样的坎坷人生，有的人就此沉沦，有的人则摘取了人生道路上最璀璨的明珠。他们之所以能不被厄运打败，就在于他们是生活的强者，他们勇于向人生的波涛宣战。

选中一把椅子

帕瓦罗蒂1935年出生于意大利的一个面包师家庭。他的父亲是个歌剧爱好者，他常把卡鲁索、吉利的唱片带回家来听。从小耳濡目染，帕瓦罗蒂也喜欢上了唱歌。

小时候的帕瓦罗蒂就显示出了唱歌的天赋。长大后的帕瓦罗蒂依然喜欢唱歌，但是他更喜欢孩子，并希望成为一名教师。于是，他考上了一所师范学校。在师范学校学习期间，一位名叫阿利戈·波拉的专业歌手收帕瓦罗蒂为学生。

临近毕业的时候，帕瓦罗蒂问父亲："我应该怎么选择？是当教师呢，还是成为一个歌唱家？"他的父亲这样回答："孩子，如果你想同时坐两把椅子，你只会掉到两把椅子之间的地上。在生活中，你应该选定一把椅子。"

听了父亲的话，帕瓦罗蒂选择了教师这把椅子。不幸的是，初执教鞭的帕瓦罗蒂因为缺乏经验而没有权威。学生们就利用这点捣乱，最终他只好离开了学校。于是，帕瓦罗蒂又选择了另一把椅子——唱歌。

17岁时，帕瓦罗蒂的父亲介绍他到罗西尼合唱团，他开始随合唱团在各地举行音乐会。他经常在免费音乐会上演唱，希望能引起某个经纪人的注意。

可是，近7年的时间过去了，他还是无名小辈。眼看着周围的朋友们都找到了适合自己的位置，也都结了婚，而自己还没有养家糊口的能力，帕瓦罗蒂苦恼极了。偏偏在这个时候，他的声带上长了个小结。在菲拉拉举行的一场音乐会上，他就好像脖子被掐住的男中音，被满场的倒彩声轰下台。

失败让他产生了放弃的念头。

这时，冷静下来的帕瓦罗蒂想起了父亲的话，于是他坚持了下来。几个月后，帕瓦罗蒂在一场歌剧比赛中崭露头角，被选中在雷焦埃米利亚市剧院演唱著名歌剧《波希米亚人》，这是帕瓦罗蒂首次演唱歌剧。演出结束后，帕瓦罗蒂赢得了观众雷鸣般的掌声。

随后，帕瓦罗蒂应邀去澳大利亚演出及录制唱片。1967年，他被著名指挥大师卡拉扬挑选为威尔第《安魂曲》的男高音独唱者。

从此，帕瓦罗蒂的声名节节上升，成为活跃于国际歌剧舞台上的最佳男高音。

当一位记者问帕瓦罗蒂成功的秘诀时，他说："我的成功在于我在不断地选择中选对了自己施展才华的方向。我觉得一个人要想体现他的才华，首先要选对人生奋斗的方向。"

★ 智 慧 感 悟 ★

翻开历史，我们看到那些成功的人之所以取得了辉煌的成就，就在于他们十分准确地选择了人生奋斗的方向，使自己的才华得到极大的展示，从而实现了自己的人生追求和梦想。如果你想击中所有目标，那么你将什么都达不到，因为你永远只能坐在一把椅子上。

生存4亿年的鱼

腔棘鱼又称"空棘鱼"，由于脊柱中空而得名，是目前世界上十分罕见的鱼类。由于科学家在白垩纪之后的地层中找不到它的踪影，因此认为这个登陆英雄已经告别了世间，全部灭绝了。1938年在南非，科学家发现了一条腔棘鱼，这个史前鱼种还活着！在距今4亿年前的泥盆纪时代，腔棘鱼的祖先凭借强壮的鳍，爬上了陆地。经过一段时间的挣扎，其中的一支越来越适应陆地生活，成为真正的四足动物；而另一支在陆地上屡受挫折，又重新返回大海，并在海洋中寻找到一个安静的角落，与陆地彻底告别了。

这个安静的角落就是1万多米深的海底。众所周知，人类入海比登天还要难。首先是巨大的压力：水深每增加10米，压力就要增加1个大气压。在1万多米深的海底，压力将高达1000多个气压，别说人的血肉之躯，就是普通的钢铁构件也会被压得粉碎。还有海底的恶劣环境：黑暗、寒冷！太阳光进入海中很快被吸收，光线稀少，热量自然难留，水下的寒冷、黑暗可想而知。然而，腔棘鱼通常生活在非常深的海底，并把自己隐藏在海底礁石的洞穴里。在恶劣的海底世界里，它们以生存为目标，不断给自己施加压力，学会与压力共处，在自己的历史空间里痛并快乐地生存着，超乎想象地存在了4亿年！

智慧感悟

生命的潜能是无穷的，承受得了难以想象的困难和压力。只有承受住压力的生命，才能真正显现出自己的美丽。能负重前行的人，才会拥有彩色的人生。

千疮百孔也不凋零

有个老人一生十分坎坷，年轻时由于战乱失去了大部分的亲人，一条腿也在一次空袭中被炸断；中年时，妻子因病去世了；不久前，和他相依为命的儿子又在一次车祸中丧生。

可是，在别人的印象之中，老人一直爽朗而随和。有一次某个人终于冒昧地问："您经受了那么多苦难和不幸，可是为什么看不出一点儿伤感？"

老人默默地看了此人很久，然后，将一片树叶举到那个人的眼前。"你瞧，它像什么？"

那是一片黄中透绿的叶子。那个人想，这也许是白杨树叶，可是，它到底像什么呢？

"你不觉得它像一颗心吗？或者说它就是一颗心？"

那个人仔细一看，那片树叶还真的十分像心脏的形状，心不禁轻轻一颤。

"再看看它上面都有些什么？"

老人将树叶更近地向那个人凑去。那个人清楚地看到，那上面有许多大小不等的孔洞。

老人收回树叶，放到了掌中，用那厚重的声音舒缓地说："它在春风中绽出，在阳光中长大。从冰雪消融的春天到寒冷的深秋，它走过了自己的一生。这期间，它经受了虫咬石击，以致千疮百孔，可是它并没有凋零。它之所以得以享尽天年，完全是因为它热爱着阳光、泥土、雨露，它热爱着自己的生命，相比之下，那些打击又算得了什么呢？"

智慧感悟

人的生命只有一次，生命不是绵延到永远的，它有起点，也有终点。我们敬畏它的不屈不挠，更敬畏它不着痕迹、毫不留情地逝去，所以生命需要我们去热爱。热爱生命，你体会到的将是生命中更深邃的意义。

苦难是祝福

　　人生确实如此，没有人会永远一帆风顺，同样也不会有永远的泥潭将你深埋。人的一生有低潮，也会有高潮，但你别指望永远站在浪尖上。当你的心情跌到谷底时，一定要懂得积聚力量，为再次"冲浪"做好一切准备。

巴拉尼的成功

罗伯特·巴拉尼 1876 年出生于维也纳的一个犹太家庭。他年幼时患了骨结核病，因为家境贫寒，此病没能根治，使他的膝关节永久性僵硬了。为此，父母很伤心，巴拉尼当然也痛苦至极。但是这个只有七八岁的孩子很懂事，他将痛苦掩藏起来，安慰父母："不要为我伤心，我完全能像健康人一样生活，并且取得事业的成功。"

听了这番话，父母悲喜交集，相对无语。

抱着这样的信念，巴拉尼从此下定决心，埋头勤奋读书。父母交替着每天接送他到学校，一直坚持了十多年，风雨不改。巴拉尼没有辜负父母的期望，也没有忘掉自己的誓言，成绩一直名列前茅。

18 岁时，巴拉尼进入维也纳医学院学习，1900 年，获得了博士学位。大学毕业后，巴拉尼留在维也纳大学耳科诊所工作。由于巴拉尼工作很努力，该医院著名医生亚当·波利兹对他很赏识，对他的工作和研究给予热情的指导。巴拉尼对眼球震颤现象进行了深入研究和探源，经过多年努力，于 1905 年 5 月发表了题为《热眼球震颤的观察》的研究论文。这篇论文的发表，引起了医学界的关注，标志着耳科"热检验法"的诞生。巴拉尼再度深入钻研，通过实验证明内耳前庭器与小脑有关，从此奠定了耳科生理学的基础。

1909 年，亚当·波利兹病重，他把主持的耳科研究所的事务及在维也纳大学担任耳科医学教学的任务，全部交给了巴拉尼。繁重的工作担子压在巴拉尼肩上，他不畏劳苦，除了出色地完成这些工作外，还继续对自己的专业进行深入研究。1910—1912 年间，他的科研成果累累，先后发表了《半规管的生理学与病理学》和《前庭器的机能试验》两本著作。由于他在工作和科研上的突出贡献，奥地利皇家授予他爵位。1914 年，他又获得诺贝尔生理学及医学奖。

智慧感悟

身体可以残疾，但人格却必须健全，只要健全的心灵充满成功的信念，就会取得人生的成功。一位哲学家发现，世上只有3%的人能够明确目标，并坚定信念，走向成功。只要你努力去做，你就会成为那3%中的一员，成功就会降临到你的身上。

宝剑锋从磨砺出

铁匠打了两把宝剑。

刚刚出炉时它们一模一样，又笨又钝。

铁匠于是想把它们磨快一些。

其中一把宝剑看到从自己身上掉下的钢屑，想到这曾是自己身体的一部分，丢掉可惜，便苦求铁匠不要磨了。铁匠答应了它。

铁匠去磨另一把剑，另一把没有拒绝。

经过长时间的磨砺，一把寒光闪闪的宝剑磨成了。

铁匠把那两把剑挂在店铺里。

不一会儿就有顾客上门，他一眼就看上了磨好的那一把，因为它锋利、轻巧、合用。

而钝的那一把，虽然钢铁多一些、重量大一些，但是无法当宝剑用，充其量只是一块剑形的铁而已。

同样出自一个铁匠之手，同样的功夫打造，两把宝剑的命运却有着天壤之别！锋利的那把又薄又轻，是削铁如泥的利器，另一把则又厚又重，只是一个中看不中用的摆设，原因就在于它经受不住一点儿痛苦的磨砺。

人生中经常要面临这样的选择：安逸和苦难。

古人云："鱼和熊掌不可兼得。"选择了安逸，也许一生就注定要碌碌无为，历经苦难的磨砺，人生才会熠熠生辉。台湾著名作家李敖说过："怕苦，苦一辈子；不怕苦，苦半辈子。"青春才扬帆起航，生命的花朵需要经过风雨的洗礼才能结出硕果来。

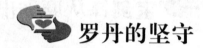

罗丹的坚守

奥古斯特·罗丹，是19世纪法国伟大的雕塑家，西方近代雕塑史上继往开来的一代大师。他的雕塑作品《思想者》是现代世界最著名的塑像之一。

罗丹出生于巴黎拉丁区的一个公务员家庭。父亲一直希望罗丹能掌握一门手艺，过殷实的生活。但是罗丹从小醉心于美术，为此，父亲曾撕毁罗丹的画，将他的铅笔投入火炉。罗丹的功课很差，上课时也在画画，老师曾用戒尺狠狠打他的手，使他有一个星期不能握笔。在姐姐的资助下，罗丹上了一所工艺美校，在此期间，他学习了绘画和雕塑的一些基本知识，并立下志向要当一名雕塑家，并把雕塑作为自己的使命。

罗丹去报考著名的巴黎美专，可能是由于他的作品太不合主考者的品位，一连三次都没有被录取。罗丹遭到如此挫折，决心再也不投考官方的艺术学校了。不久，一直资助他的姐姐病逝，罗丹心灰意冷，决心进修道院去赎罪。后来，在修道院院长的鼓励下，罗丹重新树立起从事艺术的志愿，于半年后离开了修道院。

在罗丹几乎丧失信心的时候，他在工艺美校时的老师勒考克一直鼓励着他。同时他遇到了他的模特儿兼伴侣罗丝，开始了他的创作生涯。

罗丹创作的头像《塌鼻人》遭到了学院派的轻视，但罗丹仍然夜以继日地工作着。他曾在比利时和雕塑家范·拉斯堡合作，稍稍有了一点积蓄。利用这点钱，罗丹访问了意大利的佛罗伦萨、罗马等地，研究了那里保存的各个时期的艺术大师的作品。这次游历使罗丹获得极大的收获，回布鲁塞尔后就创作出了精心构制的作品《青铜时代》。

由于雕像过于逼真，罗丹竟被指控从尸身上模印。罗丹百般申辩，经过官方长时间的调查，才证明这确系罗丹的艺术创作，一场风波就此平息，而罗丹的名声也由此传开了。

从比利时回到法国，罗丹的创作已部分地得到了上流社会的认可。1880年，他接受政府的委托，为筹建实用美术博物馆设计大门。罗丹以意大利诗人但丁《神曲》中的《地狱篇》为题材，构思了规模宏大的《地狱大门》。这件作品整个创作前后费时达20年，最后也没有正式完成，但部分构思在别的作品中有了体现。

1891年，罗丹受法国文学协会之托制作的巴尔扎克纪念像再一次遭到非议，一些人认为作品太粗陋、草率，像一个裹着麻袋片的醉汉。文学协会在舆论哗然之下，拒绝接受这个纪念像。

但是在1900年巴黎三国博览会上，一个专设的展厅陈列了罗丹的171件作品，成为艺术界的盛举。成千上万的人涌来看《地狱之门》《巴尔扎克》《雨果》，来自世界各国的艺术家和社会名流纷纷向罗丹表示祝贺和敬意。罗丹在全世界获得了极大的声誉，各国博物馆争相购买他的作品，以至能得到罗丹的作品成为一时的时髦事。罗丹终于获得了成功。

1904年，罗丹被设在伦敦的国际美术家协会聘为会长，罗丹的事业达到了一生的顶点。

罗丹并未就此止步，他的生命便是雕塑。罗丹开始雕塑比真人还大一倍的《思想者》。罗丹亲身感受到脱离了动物性之后的思想者承受的压力，他通过塑像来表现这种拼搏的伟大。这是罗丹最后一部史诗性的作品，当塑像完成后，他也筋疲力尽了。

★智慧感悟★

因为有了梦想的召唤、希望的指引，前方的路纵然有再多荆棘也毫不畏惧。坚守梦想的人是伟大的理想主义者，正因为有了他们的存在，社会才显得更加美丽。

鹰的再生

鹰是世间寿命最长的鸟类，它一生的年龄可达 70 岁。

在 40 岁时，它如果要继续活下去，必须经历一次痛苦的重生。

当鹰活到 40 岁时，它的爪子开始老化，不能有效地抓住猎物。它的喙开始变得又长又弯，几乎触到胸膛。它的翅膀也开始变得沉重，因为它的羽毛长得又浓又厚，飞翔都显得有些吃力。

这时它只有两种选择：等死，或开始一次痛苦的重生——150 天漫长的操练。它必须很卖力地飞到山顶，在悬崖上筑巢，停留在那里，不能飞翔。

鹰首先用它的喙击打岩石，直到喙完全脱落，然后静静地等候新的喙长出来。它会用新长出的喙把指甲一根一根地拔出来。当新的指甲长出来后，就再把羽毛一根一根地拔掉。5 个月以后，新的羽毛长出来了，鹰经历了一次再生。

智慧感悟

　　每一次辉煌的背后肯定都有一个凤凰涅槃的故事，世上没有平坦的路，人间没有不谢的花，挫折原本就是生命旅途中一道不可或缺的风景。

　　生命，总是在挫折和磨难中茁壮成长。如果40岁的鹰选择逃避，那么等待它的就是生命的枯萎。它唯有选择经历痛苦，生命才能得以再生。重生与成功的道路上注定要密布荆棘。

 自助者天助

　　车夫驾着一辆满载货物的车子走在乡间的路上，一不小心陷进了泥坑里。在乡下的田野上，会有谁来帮这个可怜人呢？这完全是命运之神有意惹人发怒而安排的。

　　车陷入泥坑里使车夫大动肝火，骂不绝口。他骂泥坑、骂马，又骂车子和自己。无奈之中，他只得向天神求救。

　　"神啊！"车夫恳求道，"请你帮帮忙，你的背能扛起天，把我的车从泥坑中推出来对你来说应该是举手之劳。"

　　刚祈祷完，车夫就听到神从云端发话了："神要人们自己先动脑筋想办法，然后才会给予帮助。你先看看，你的车困在泥坑里究竟是什么原因？为什么会陷入泥坑？拿起锄头铲除车轮周围的泥浆和烂泥，把碍事的石子都砸碎，把车辙填平，你不自己尝试一下怎么行呢？"

　　过了一会儿，神问车夫："你干完了吗？"

"是的，干完了。"车夫说。

"那很好，我来帮助你。"天神说，"拿起你的鞭子。"

"我拿起来了……咦，这是怎么回事？我的车走得很轻松！神哪，你真是无所不能！"

这时，神发话说："你瞧，你的马车轻易离开了泥坑！遇到困难，要先自己动脑筋想办法解决，不要坐等别人来帮助你。"

★智慧感悟★

遇到挫折时，不要总是习惯于把自己放在一个弱者的位置上，等待着别人的同情，然后等着别人来拯救你。只有自强自立，才能让人对你刮目相看，你也才能走出挫折的泥潭。

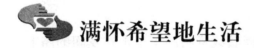 # 满怀希望地生活

在一个偏僻的山村，住着一位孤苦伶仃的老奶奶。在她26岁的时候，丈夫外出做生意，却一去不返。是死在了乱枪之下，还是病死在外，还是像有人说的那样被人在外面招了养老女婿，都不得而知。当时，她唯一的儿子只有5岁。

丈夫不见踪影几年以后，村里人都劝她改嫁。没有了男人，孩子又小，这守寡得守到什么时候？然而，她没有走。她说，丈夫生死不明，也许在很远的地方做了大生意，没准儿哪一天就回来了。她被这个念头支撑着，带着儿子顽强地生活着。她甚至把家里整理得更加井井有条。她想，假如丈夫发了大财回来，不能让他觉得家里这么窝囊寒碜。

就这样过去了十几年，在她儿子 17 岁的那一年，一支部队从村里经过，她的儿子跟部队走了。儿子说，他到外面去寻找父亲。

不料儿子走后又是音信全无。有人告诉她说儿子在一次战役中战死了，她不信，一个大活人怎么能说死就死呢？她甚至想，儿子不仅没有死，而是做了军官了，等打完仗，天下太平了，就会衣锦还乡。她还想，也许儿子已经娶了媳妇，给她生了孙子，回来的时候是一家子人了。

尽管儿子依然杳无音信，但这个想象给了她无穷的希望。她是一个小脚女人，不能下田种地，她就做绣花线的小生意，勤奋地奔走四乡，积累钱财。她告诉人们，她要挣些钱把房子翻盖了，等丈夫和儿子回来的时候住。

有一年她得了大病，医生已经判了她死刑，但她最后竟奇迹般地活了过来。她说，她不能死，她死了，儿子回来到哪里找家呢？

这位老人一直在这个村里健康地生活着，已经满百岁了。直到现在，她还是做着她的绣花线生意，她天天算着，她的儿子生了孙子，她的孙子也该生孩子了。这样想着的时候，她那布满褶皱的沧桑的脸上，即刻就会变成像绣花线一样绚烂多彩的花朵。

★☆★☆★☆★☆★
智慧感悟
★☆★☆★☆★☆★

因为希望，所以期待，希望是人世间最美好的事物。它让我们在草木枯败的时节看到欣欣向荣的生机，在冰天雪地的寒冷季节感受一朵花开的温柔。

写在纳粹集中营里的诗篇

二战时期，在纳粹集中营里，一个叫玛丽的犹太女孩写过这样一首诗：

这些天我一定要节省，虽然我没有钱。

我一定要节省健康和力量，足够支持我很长时间。

我一定要节省我的神经、我的思想、我的心灵和我的精神之火。

我一定要节省流下的泪水。

我需要它们安慰我。

我一定要节省忍耐，在这些风暴肆虐的日子。

在我的生命里我有那么多需要的，

情感的温暖和一颗善良的心。

这些东西我都缺少。

这些我一定要节省。

这一切，上帝的礼物，我希望保存。

我将多么悲伤，

倘若我很快就失去了它们。

即使随时都可能死去，玛丽仍然热爱着生命。她节省泪水，节省精神之火，用稚嫩的文字给自己弱小的灵魂取暖，用希望照亮了黑暗的角落。

很多人在绝望中相继死去，而这个当时只有 11 岁的小女孩玛丽，终于等到了二战结束，看见了曙光。

★★★ 智慧感悟 ★★★

努力承受不幸，咬牙坚持下去，相信世事终究会有转机。抱有坚定的信念，一个平凡的人也可以创造奇迹。

 **感恩劣势**

一

喜爱篮球的人，应该对伯格斯不陌生。他就是美国 NBA 篮球运动中最矮的球星。伯格斯仅有 1.60 米的身高。伯格斯这么矮，怎么能在巨人如林的篮球场上竞技，并且跻身大名鼎鼎的 NBA 球星之列呢？这都是因为他善于从缺点中发掘自己的优势。

由于身材矮小，从小伙伴们就瞧不起伯格斯，还常常讥笑他，但这并不影响伯格斯对篮球的喜爱。终于有一天，他很伤心地问妈妈："妈妈，我还能长高吗？"

妈妈鼓励他："孩子，你能长高，长得很高很高，会成为人人都知道的大球星。"从此，长高的梦像天上的云在他心里飘动着，每时每刻都闪烁着希望的火花。

"业余球星"的生活即将结束了，伯格斯面临着更严峻的考验——1.60 米的身高能打好职业赛吗？

但伯格斯不相信命运，他横下心来，决定要凭自己 1.60 米的身高在高手如云的 NBA 赛场中闯出自己的一片天地。"别人说我矮，反倒成了我的动力，我偏要证明矮个子也能做大事情。"在威克·福莱斯特大学和华盛顿子弹队的赛场上，人们看到蒂尼·伯格斯简直就是个

"地滚虎"，从下方来的球90%都被他收走……

终于，凭借精彩出众的表现，蒂尼·伯格斯加入了实力强大的夏洛特黄蜂队，在他的一份技术分析表上写着：投篮命中率50％，罚球命中率90％……

美国一份杂志专门为他撰文，说他个人技术好，发挥了矮个子重心低的特长，成为一名使对手害怕的断球能手。

"伯格斯的矮是他的球队最大的成功"，不知是谁喊出了这样的口号。许多人都赞同这一说法，许多广告商也推出了"矮球星"的照片，上面是伯格斯淳朴的微笑。

二

一代京剧大师梅兰芳，早年学戏曲的时候，老师曾因他的眼睛缺乏神采而不愿教他，可后来，梅兰芳并没有因为自己的这个缺陷而退缩，他勤奋练习，将一双眼睛练就得如含着秋水一般，回眸间顾盼生辉。

后来，他凭着自己不懈的努力，成就了自己辉煌的一生。

三

有一个双目失明的人，小时候深为自己的缺陷感到沮丧不已，他认定这是老天在惩罚他，自己这一辈子算完了。

一次，他遇到了一位老师，这位老师开导他说："世界上的每个人都是被上帝咬过一口的苹果，都是有缺陷的人。有的人缺陷比较大，是因为上帝特别喜爱他的芬芳。"

听了这话，他很受鼓舞，从此把失明看作上帝的特殊钟爱，开始振作起来，向命运挑战。若干年后，他成了一个著名的盲人推拿师，为许多人解除了病痛，他的事迹也被写进当地的小学课本。

　　每个人都有自己的优点和缺点，当你发现自己身上的某项缺点之后，你越是回避、厌恶，缺点就越会被放大，就像夏日里的蝉鸣，你越是烦闷，它的声响似乎越热烈。同样，如果你认为自己的眼睛小又是单眼皮，总是低着头不敢看人，那么，时间长了，你的眼睛就会变得更加空洞无神而且显得更小。

　　所以，要换一种眼光看待自己的缺点，发挥它特有的优势。

 **苦难不会持久**

　　卡洛斯的童年是在美国中西部的一个小农场里度过的。他的父亲本来是一个雇农，攒够了钱才买了一个50公顷的农场。经济大萧条时，卡洛斯还只有5岁。那年冬天，他们有时连买煤的钱都没有。那时候卡洛斯也要劳动，他要爬进猪栏，捡拾猪吃剩下的玉米棒子，用来做燃料。

　　第二年春天，又遇到严重春旱。卡洛斯的父亲准备把辛辛苦苦留起来的几斗宝贵玉米用来做种子。

　　"种了可能也会枯死，为什么还要冒险去种呢?"卡洛斯问。

　　父亲却说："不冒险的人永无希望。"

　　于是，他父亲把最后一些玉米粒和燕麦，全都拿出来种了。可是，三个星期过去了，还是没有下一滴雨。父亲的脸绷得紧紧的，他和其他农民聚在一起祈祷，请求上帝拯救他们的田地和作物。后来，雷声终于响起。天下雨了!虽然卡洛斯雀跃万分，但是雨下得还是不够。不久雨就停了，天气又热起来了。他父亲抓了一把泥土，只有上面1/4

是湿的。

那年夏天，卡洛斯看见弗洛德河逐渐干涸，小水坑变成泥坑，平时游来游去的小鱼都死了。他父亲的收成只有半车玉米，这个收成和他所播的种子数量刚好相等。父亲在晚餐祈祷时说："仁慈的主，感谢你，我今年没有损失，你把种子都还给我了。"当时其他的农民，一家又一家都在农场门口挂起了"出售"的牌子。他父亲当时请求银行贷款，银行信任他，而且帮助了他。

卡洛斯还记得童年时穿着打补丁的大衣跟父亲去银行，他记得银行的日历上写着这样一句格言："伟人就是具有无比决心的普通人。"他觉得父亲就是这种伟人。若干年后6月里的一个寂静下午，卡洛斯家受到龙卷风的侵袭。他们起初只听到一阵可怕的怒吼声，慢慢地，风暴逐渐逼近了。天上有一堆黑云凸了出来，像灰色长漏斗般伸向地面。它在半空中悬吊着，像一条蛇蓄势待攻。父亲对母亲喊道："是龙卷风，我们得赶快离开这里！"转瞬间，他们便已慌慌张张地开车上路了。南行5公里之后，他们停下车子，观看那凶暴的旋风在他们后面肆虐……风暴之后，他们返回家，发现一切都没有了，半小时前那里还有八幢刚刷过的房屋，现在一幢都不存在了，只留下地基。父亲坐在那里，痛苦的双手紧握方向盘。这时，卡洛斯注意到父亲已满头白发，身体由于艰辛劳作而显得瘦弱不堪。突然，父亲的双手猛拍在方向盘上，他哭了："一切都完了！几十年的心血在几分钟内全完了！"

但是，他父亲不肯服输。一个星期后他们在附近小镇上找到一幢正在拆的房子，他们花了100美元买下其中一截，然后一块块地把它拆下来。就是用这些零碎东西，他们在旧地基上建了一幢很小的新房子。以后几年，又建了一幢幢房屋。结果，他父亲在有生之年，又把农场经营起来了。

★★★ 智慧感悟 ★★★

在苦难面前一旦退缩，它便会"得寸进尺"，其实磨难也是个"纸老虎"，我们强大，它便会变弱。

就像故事中的父亲一样，永远都要相信——苦难不会持久。只要我们不懈地追求，在挫折和失败面前也不停止脚步，等待我们的就是成功。

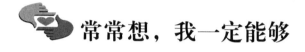 **常常想，我一定能够**

一

一个世界探险队准备攀登马特峰的北峰，在此之前，从没有人登过顶峰。记者对这些来自各地的探险者进行了采访。

记者问其中一名探险者："你打算登上马特峰的北峰吗?"他回答说："我将尽力而为。"

记者问另一名探险者，得到的回答是："我会全力以赴。"

记者问第三个探险者，这个探险者直视着记者说："没来这里之前，我就想象到自己能攀上马特峰的北峰，所以，我相信一定能够登上马特峰的北峰。"

结果，只有一个人登上了北峰，就是那个说自己能登上马特峰北峰的探险者。他确信自己能到达北峰，结果他的确做到了。

二

一天晚上，在漆黑的偏僻公路上，一个年轻人的汽车轮胎爆了。年轻人下来翻遍工具箱，也没有找到扳手，而没有扳手，是换不成轮胎的。怎么办? 这条路半天都不会有车经过，他远远望见一座亮着灯的房子，他决定去那个人家里借扳手。

在路上，年轻人不停地想：

要是没有人来开门怎么办？

要是没有扳手怎么办？

要是那家伙有千斤顶，却不肯借给我，那该怎么办？

顺着这种思路想下去，他越想越生气。当他走到那间房子前，敲开门，主人刚出来，他冲着主人劈头就是一句："他妈的，你那扳手有什么稀罕的！"

弄得主人摸不着头脑，认为是一个精神病人，"砰"的一声把门关上了。

智慧感悟

若一个人想着能成功，就可能会成功；想的尽是失败，就会失败。成功产生在那些有自信的人身上，失败产生于那些不自觉地让自己产生失败念头的人身上。

人最怕自我设置障碍，在心里预先制造失败。我们要想获得成功，就要想办法把"我会失败"的意念排除掉。

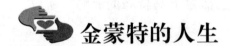

金蒙特的人生

1955年，18岁的金蒙特已经成为全美国最年轻，也是最受人喜爱的知名滑雪选手。

她的名字出现在大街小巷，她的照片也成为各种体育杂志的封面，大家都看好金蒙特，认为她一定能替美国夺得奥运会的滑雪金牌。

然而，一场悲剧使金蒙特的愿望成了泡影。

在奥运会预选赛最后一轮的比赛中，由于雪道特别滑，金蒙特一不小心就从雪道上摔了下去。

当她从医院中醒来时，发现自己虽然保住了性命，但是身体永远地瘫痪了。

金蒙特咬紧牙关，想让自己从瘫痪的痛苦中解脱出来，因为她明白，人活在世界上只有两种选择：奋发向上，或是从此意志消沉。

金蒙特选择了奋发向上，她对自己的能力仍然坚信不疑。

一连几年，她的病情处于时好时坏的状况，但是她从来没有放弃过追求有意义的生活。

几经艰难，金蒙特学会了写字、打字、操纵轮椅和自己进食，同时她也找到了今后人生的新目标：成为一名教师。

因为她行动不便，所以当她向一家学校提出教书的申请时，系主任、校长和医生们都认为，以金蒙特的身体情况，实在不适合当教师。

可是，金蒙特想要当教师的信念十分坚定，并没有因为遭到歧视和反对就想要放弃。

她仍然持续地接受康复治疗，也不断地努力念书，终于在 1963 年获得华盛顿大学教育学院的聘请，实现了她想当教师的愿望。

★智慧感悟★

生命就是如此神奇。人生可以没有很多东西，但不能没有信念，只要拥有信念，只要有一丝温暖，就能在寒冬生存下来，就能发挥出自身的潜能，做到常人不能做到的事。

把苦难当作历练的机会

挪威著名文学家克努特·哈姆逊，自小家境贫寒。在他 9 岁那年，由于家庭生活极度贫困，父母已无力抚养，只好把他送给他的叔叔抚养。叔叔还没有结婚，收入也不高，而且性情暴躁。他每天都让克努特干一些繁重的体力活儿，一天下来，克努特总是累得浑身酸疼。尽管他做得很努力，但还是时不时地受到叔叔的责骂和惩罚。

虽然生活十分艰苦，可痛苦中也会有欢乐迸发出来。叔叔终于同意让克努特上学了。在学校里，由于他身上穿的衣服破烂不堪，其他的孩子都不愿意和他交朋友，克努特总是一个人孤零零地待着。

吃饭的时候，其他同学吃着买来的香喷喷的饭菜，又说又笑，唯有可怜的克努特一个人在图书室里坐着，捧着书入神地读着，因为他根本就没有午饭可吃。

读书使他感受到了生活的快乐，同时他的经历也使他体验到了人生的悲凉。克努特常常一个人自由地想象，想象自己就是1只小鸟儿，自由自在地飞在空中。

渐渐地，克努特读的书越来越多，知识越来越丰富，当他在书中看到自己那只心爱的小鹿死去时，他就怀着无比悲痛的心情写下了他的第一篇作品——《葬词》。他发觉自己在写作方面有一定的天赋。

从此以后，克努特用心写作。几年之后，他就成了一位闻名遐迩的作家。

智慧感悟

身处困境并不可怕，可怕的是你在困境之中丧失战胜苦难的斗志和决心，自暴自弃。纵观历史，古往今来，凡是拥有自强不息的精神的人都能从苦难中走出来，成就辉煌的人生。因此，经受苦难之时，何不把苦难当作一次历练的机会，用自己的力量战胜它呢？

 **贫穷，并不妨碍灵魂高贵**

亨利·布拉格是诺贝尔物理学奖获得者。小时候，虽然家庭生活极为贫困，但是在父亲的支持下，他始终没有放弃读书。布拉格学习非常刻苦，他懂得，只有努力学习，考出优异的成绩，才能对得起辛苦的父母以及他们的厚望。凭借优秀的成绩，布拉格在小学毕业之后被保送到威廉皇家学院读书。

威廉皇家学院是英国一座很有名气的学府，在这里读书的大部分都是富家子弟，他们的穿着打扮都很时髦。与这些富家子弟相比，布拉格的衣着极为寒酸。特别是他脚底下穿的那双破旧的皮鞋，在校园里更引人注目，十分显眼。那双鞋本来是父亲穿的，因为没钱为儿子买鞋，父亲只好把鞋子送给他穿。对于瘦小的布拉格来说，那鞋子既破旧又大，显得极不合适。同学们见他这一身打扮，经常嘲笑他，甚至还有学生向校长打报告，诬陷布拉格偷了别人的鞋子。校长听到此事以后，就把他叫到了办公室里。

布拉格一进来，校长就十分严厉地问道："布拉格，现在有人说你拿别人的东西，有没有这回事？"一听到校长这样问，布拉格马上明白了怎么回事。但是他什么也没说，而是强忍着委屈，把爸爸写给他的一封信递给了校长。校长打开信，只见上面写道："亲爱的儿子，很抱歉，让你穿着爸爸的鞋子去上学，我知道你会受到他人的嘲笑。但我相信，你是一个自强的好孩子，你不会因此而自甘堕落。你会努力去学习知识，等到你有了成就的那一天，你就会为曾穿过这样一双鞋子而感到骄傲和自豪……"

校长看了这封信，深受感动，他拍着布拉格的肩膀，用道歉的语气说道："布拉格，是我误会了，我相信你会记住爸爸的话，你一定要做个自强的好孩子。"

从那以后，布拉格学习更加努力了。由于成绩优异，后来他又被保送到剑桥大学。经过不懈的努力，布拉格在 24 岁时就当上了大学教授，并最终成了闻名世界的物理学家。

★智慧感悟

布拉格能够取得辉煌的成就，就在于他在逆境中能够自强不息，努力奋斗。对这个世界上的每一个人而言，自强是其学习和事业的"催化剂"。只有在逆境中真正能够自强不息的人，才能取得最后的成功。

一个橘子

一场突然降临的沙暴，使一位穿行在大漠中的探险者迷失了方向，沙暴将他随身携带的水和干粮都吹走了，仅剩下一个鸡蛋大小的橘子。"哦，还好，我这里还有一个橘子，否则我就真的完蛋了。"他满怀惊喜地喊道。他紧紧攥着那个橘子，深一脚浅一脚地在大漠里探寻着出路。

整整过去了一个昼夜，他仍然没有走出空旷的大漠，饥饿、干渴、疲惫一起涌上心头。他望着茫茫无际的沙海，有好几次都快要绝望了，可一低头看到手里的橘子，他下意识地抿了抿干裂的嘴唇，陡然间身上又增添了许多力量。他头顶着炎炎烈日，又继续步履蹒跚地向前跋涉着。一路上已不知摔了多少次跟头，但是每一次他都能挣扎着爬起来，跟跄着一点点地往前走，他心中一刻不停地默念着："我还有一个橘子，我一定要坚持……"

四天过后，他终于从大漠里走了出来，但是那个橘子他始终没有吃过一口，已经干得不成样子。可他还当宝贝似的攥在手中，久久地凝视着，心中感慨万千。

在人生的旅程中，难免遇到这样那样的挫折。这时你所拥有的东西中，最重要的既不是金钱，也不是地位，而是像熊熊火焰一样燃烧着的信念。信念能给予你勇气，信念能给予你智慧，信念能使你在绝境面前产生巨大的激情，勇往直前，战胜挫折。

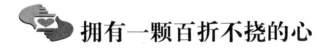

拥有一颗百折不挠的心

一个极度渴望成功的年轻人却在他短短的人生旅途中接二连三地遭受打击和挫折，他处于崩溃的边缘，几乎就要绝望了。苦闷的他仍然心有不甘，在彷徨和迷茫中，他决定去请教一位智者。

见到智者后，他很恭敬地问："我一心想有所成就，可总是失败，遇到挫折。请问，到底怎样才能成功呢？"

智者笑笑，转身拿出一个东西递给年轻人，年轻人吃惊地发现躺在自己手心的竟然是一颗花生。年轻人困惑地望着智者。

智者问道："你有没有觉得它有什么特别之处呢？"

年轻人仔细地观看了一番，仍然没有发现它和别的花生有什么差别。

"请你用力捏捏它。"智者见年轻人没有说话，接着说。年轻人伸出手用力一捏，花生壳被他捏碎了，只有红色的花生仁留在了手中。

"请你再搓搓它，看看会发生什么事。"智者又说，脸上带着微笑。

年轻人虽然不解，但还是照着他的话做了，就在他轻轻地一搓之后，花生红色的皮也脱落了，只留下白白的果实。

年轻人看着手中的花生，不知智者是何意。"再用手捏它。"智者又说。

年轻人用力一捏，他发觉他的手指根本无法将它捏碎。

"用手搓搓看。"智者说。

年轻人又照做了，当然，什么也没搓下来。

"虽屡遭挫折，却有一颗坚强、百折不挠的心，这就是成功的一大秘密啊！"智者说。

年轻人蓦然顿悟，遭遇几次挫折就要崩溃、绝望了，这样脆弱又怎么能够成功呢？从智者那里出来，他又挺起了胸膛，心中充满了力量。

智慧感悟

许多人缺少的不是能力，而是坚强的信念，所以这些人很难获得成功。世界上许多困难的事情都是由那些信念十足的人完成的。因此，遇到挫折时，你要有一颗百折不挠的心，拥有必定成功的信念，这样，你离成功就不远了。

每个人的人生都不会太圆满

在国外，有一位著名的女高音歌唱家，仅仅30多岁就已经红得发紫，誉满全球，而且还有一个温柔体贴的丈夫和活泼可爱的儿子。

一次，她到邻国举办独唱音乐会，入场券早在一年以前就被抢购一空。当晚的演出也受到了极为热烈的欢迎。演出结束后，歌唱家和丈夫、儿子从剧场里走出来的时候，一下子被早已等候在那里的观众团团围住。人们七嘴八舌地与歌唱家攀谈着，其中不乏赞美和羡慕之词。

有的人恭维歌唱家大学刚刚毕业就开始走红，进入了国家级的歌剧院，成为扮演主要角色的演员；有的人恭维歌唱家25岁时就被评为世界十大女高音歌唱家之一；也有的人恭维歌唱家有个腰缠万贯的某大公司老板做丈夫，而膝下又有个活泼可爱的脸上总带着微笑的儿子……

在人们议论的时候，歌唱家只是在听，并没有表示什么。等人们把话说完以后，她才缓缓地说："我首先要谢谢大家对我和我的家人的赞美，我希望在这些方面能够和你们共享快乐。但是，你们看到的只是一个方面，还有另外的一个方面没有看到。那就是你们夸奖的活泼可爱的脸上总带着微笑的小男孩，其实是一个不会说话的哑巴，而且，在我的家里他还有一个姐姐，是需要长年关在装有铁窗房间里的精神分裂症患者。"

歌唱家的一席话使人们震惊不已，大家你看看我，我看看你，似乎很难接受这样的事实。这时，歌唱家又心平气和地对人们说："这一切说明什么呢？恐怕只能说明一个道理，那就是上帝给谁都不会太多，生活本身就不是完美的，我们应该学会感恩。"

智慧感悟

歌唱家说出这句话以后，人们仍然没有吭声，不过这一次不是惊讶，而是在思考，认真地思考着。

是啊，上天是公平的，他带给每个人幸福生活的同时，也会给他们带去痛苦和缺憾，这些缺憾可能是身体上的一些缺憾，才智上的一些缺失，或者是生活中的一些挫折。面对这些生活中的缺憾，是反复强调自己的缺憾而在痛苦和自卑中艰难度日，还是抱着一颗感恩的心正视缺陷，把它当作特别的赐予，安然地享受生活，其实，就看你如何选择。

第九章

人生不全是顺境

生命的天空总是异彩纷呈。面对不幸，面对挫折，青少年朋友所要做的不是怨天尤人，自暴自弃，而应该学会勇敢和坚强。要知道上帝永远是公平的。等到有一天，你真正将自己打磨成一块金子时，任何人都掩盖不住你灿烂夺目的光辉。

"蝴蝶总理"破茧成蝶

加拿大第一位连任两届总理的让·克雷蒂安小的时候，说话口吃，曾因疾病导致左脸局部麻痹，嘴角畸形，讲话时嘴巴总是向一边歪，而且还有一只耳朵失聪。

听一位有名的医学专家说，嘴里含着小石子讲话可以矫正口吃，克雷蒂安就整日在嘴里含着一块小石子练习讲话，以致嘴巴和舌头都被石子磨烂了。母亲看后心疼得直流眼泪，她抱着儿子说："克雷蒂安，不要练了，妈妈会一辈子陪着你。"克雷蒂安一边替妈妈擦着眼泪，一边坚强地说："妈妈，听说每一只漂亮的蝴蝶，都是自己冲破束缚它的茧之后才变成的。我一定要做一只漂亮的蝴蝶。"

功夫不负有心人，经过长久的磨炼，克雷蒂安终于能够流利地讲话了。他勤奋并善良，中学毕业时他不仅取得了优异的成绩，而且还拥有极好的人缘。

1993 年 10 月，克雷蒂安参加全国总理大选时，他的对手大力攻击、嘲笑他的脸部缺陷，对手曾极不道德、带有人格侮辱地说："你们要这样的人来当你们的总理吗？"然而，对手的这种恶意攻击招致大部分选民的愤怒和谴责。当人们知道克雷蒂安的成长经历后都给予他极大的同情和尊敬。在竞争演说中，克雷蒂安诚恳地对选民说："我要带领国家和人民成为一只美丽的蝴蝶。"最后，他以极高的票数当选为加拿大总理，并在 1997 年成功地获得连任，被加拿大人民亲切地称为"蝴蝶总理"。

★智 慧 感 悟★

缺陷是每个人生命中的"茧"，当你无法脱离它时，你可以利用自信、坚强的生命之剑将它刺穿，然后化蛹为蝶。

不经历破茧的苦痛，就不会有后来翩翩飞舞的美丽。

如此不近人情的生活

法国物理学家、化学家玛丽·居里由于发现了镭以及在研究放射学方面的巨大贡献，从而成为一位闻名世界的伟大科学家。她于1903年获诺贝尔物理学奖，1911年又获诺贝尔化学奖。她能取得如此令人瞩目的成就，是和她的刻苦学习分不开的。

朋友聚会时，玛丽·居里从不与别人闲谈，她甚至不愿意花费一点时间学习做牛肉汤。在她看来，物质生活毫无意义，她宁愿把学习烹饪的时间用在读物理学书籍或是在实验室里作一个有趣的分析。玛丽的生活是清苦的，她的饮食极其简单，没钱进饭馆，又不肯花时间做饭，所以一连几个星期，她只喝茶，吃抹黄油的面包，最多有时去买两个鸡蛋、一块巧克力或几个水果。这种不近人情的生活损害了她的健康，她的身体很快变得极度虚弱，经常昏倒。有一次，玛丽在她的学生面前晕倒，那个学生马上告诉给她的姐夫，当她姐夫赶到玛丽住处时，脸色苍白的玛丽却还在读书。

姐夫赶来后，检查了玛丽的身体，又察看了她干净的碟子和空空的蒸锅，全都明白了。

"今天你吃了些什么东西？"

"今天……我不知道……好像我刚吃了午饭……"

"你究竟吃了些什么东西?"姐夫紧紧追问。

"一些樱桃,还有……还有各种东西……"

在姐夫的追问下玛丽不得不说实话:从前天晚上起,她只是吃了一小块面包和半磅樱桃,睡了5个小时。姐夫责备了她之后,把她带到了自己家里。经过一个多星期的调养,她才恢复了健康。

在巴黎读书的4年里,玛丽以非比寻常的毅力过着一种贫寒却充实的生活,克服了常人难以想象的困难。在漫长的冬季,住在顶层阁楼中的玛丽因寒冷而无法入睡,她便从箱子里取出所有的衣服穿在身上或盖在被子上,有时她甚至把椅子拉过来压在被子上取暖。为了实现自己的抱负,她放弃一般年轻女子的快乐享受,过着与世隔绝的枯燥生活,萦绕在她头脑中的只有学习和工作。她对自己的要求始终很高,她不满足一个物理学硕士学位。她还要争取获得数学硕士学位,她不断鞭策自己在科学研究的道路上奋勇前进,终于取得了辉煌的成就。

★★★★ 智慧感悟 ★★★★

没有埋在黑暗土里的过程,任何种子都不会发芽;没有经历挫折和失败的磨炼,我们的心志也很难茁壮成长。正是因为有这些痛苦的经历,居里夫人才在科学领域里取得如此伟大的成就。

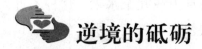

逆境的砥砺

有一个女儿常常对父亲抱怨自己遇上的事情总是那么艰难,她不知道该如何应付生活,好像一个问题刚解决,新的问题就又出现了。

一天,父亲把她带到厨房,把水倒进三口锅里,然后用大火煮开,不久锅里的水烧开了。

他在第一口锅里放进了胡萝卜，第二口锅里放入鸡蛋，最后一口锅里则放入研磨成粉状的咖啡豆，他小心地将它们放进去用开水煮，但一句话也没说。

女儿见状，一直嘟嘟囔囔，很不耐烦地等着，不明白父亲到底要做什么。

大约20分钟后，父亲把炉火关闭，把胡萝卜和鸡蛋分别放在一个碗内，然后把咖啡舀到一个杯子里。

做完这些后，他这才转过身问女儿："亲爱的，你看见什么了？"

"胡萝卜、鸡蛋和咖啡。"她回答。

他让她靠近些，要她用手摸摸胡萝卜，她发现它们变软了。接着，他又让女儿拿着鸡蛋并打破它，然后将壳剥掉，她看到了煮熟的鸡蛋。

最后，父亲让她喝口咖啡，品尝到香浓的咖啡时，女儿终于笑了。

她怯声问："父亲，这意味着什么？"

父亲回答说："这三样东西虽然都是在煮沸的开水中，但它们的反应却各不相同：胡萝卜入锅之前是强壮结实的，但进入开水后，它就变得柔软了；而鸡蛋本来是易碎的，只有薄薄的外壳保护着，但是一经开水煮熟，它的内部却变硬了；至于粉状咖啡豆则很特别，进入沸水之后，彻底改变了水的特质。"感恩就如这咖啡豆一般，在苦难的煎熬下，孕育出香浓的芬芳。

★智慧感悟★

有人说，上帝像精明的生意人，给你一分天才，就搭配几倍于天才的苦难。这话真不假。上帝很吝啬，绝不肯把所有的好处都给一个人，给了你美貌，就不肯给你智慧；给了你金钱，就不肯给你健康……当你遇到这些不如意时，不必怨天尤人，更不能自暴自弃，而是用一种感恩的心告诉自己：我们都是被上帝咬过的苹果，只不过上帝特别喜欢我，所以咬的这一口更大罢了。这样你就能坦然面对人生坎坷，快乐迎接未来的生活。

上帝的计算器

　　小提琴家帕格尼尼是一位同时接受两种馈赠又善于用苦难的琴弦把音乐演奏到极致的人。

　　他是一位苦难者。4岁时一场麻疹和强直昏厥症，险些使他毙命。7岁险些死于猩红热。13岁患上严重肺炎，不得不大量放血治疗。40岁牙床突然长满脓疮，只好拔掉大部分牙齿。牙病刚愈，又染上了可怕的眼疾，幼小的儿子成了他的拐杖。50岁后，关节炎、肠道炎、喉结核等多种疾病吞噬着他的肌体。后来，他的声带也坏了，靠儿子按口型翻译他的思想。

　　但帕格尼尼似乎觉得这些"灾难"还不够深重，又给生活设置了各种障碍和旋涡。他长期把自己囚禁起来，每天练琴10—12个小时，忘记饥饿和死亡。从13岁起，他就周游各地，过着流浪生活。除了儿子和小提琴，他几乎没有一个家和其他亲人。

　　他也是一位天才。3岁学琴，12岁就举办首场音乐会，并一举成名，轰动舆论界。之后他的琴声遍及法、意、奥、德、英、捷等国。他的演奏使帕尔玛首席提琴家罗拉惊异得从病榻上跳下来，木然而立，无颜收他为徒。他的琴声使卢卡的观众欣喜若狂，宣布他为共和国首席小提琴家。在意大利的巡回演出产生了神奇效果，人们到处传说他的琴弦是用情妇肠子制作的，魔鬼又暗授妖术，所以他的琴声才魔力无穷。歌德评价他"在琴弦上展现了火一样的灵魂"。李斯特大喊："天啊，在这四根琴弦中包含着多少苦难、痛苦和受到残害的生灵啊！"

智慧感悟

　　是苦难成就了天才，还是天才特别热爱苦难？弥尔顿、贝多芬和帕格尼尼，西方文艺史上的三大怪杰，居然一个成了瞎子、一个成了聋子、一个成了哑巴！我们或许只能这么说："上帝像精明的生意人，给你一份天才，就搭配几倍的苦难。"

高尔基童年的乐与哀愁

　　高尔基从小跟着外祖父、外祖母一起生活。外祖母是一个非常慈祥的老人，她经常给小高尔基讲故事，比如，圣母怎样救苦救难的故事，武士伊万的故事，埃及强盗妈妈的故事，等等。这些故事离奇古怪、生动有趣，小高尔基常常听得呆呆的，入了迷。外祖母还会编许多有趣的诗歌，高尔基常常听着外祖母的歌谣入睡。小时候的高尔基，脑袋里装满了外祖母的诗歌。

　　1878 年，高尔基到城郊的小学念书了。这是专门为城市贫民子弟办的一所学校，但即使是进这样的学校，对高尔基来讲也是相当艰难的。因为原先富有的外祖父破产了，家里一无所有。懂事的小高尔基每天放学以后就背着一个破袋子，走遍郊区的街道捡破烂，骨头、破布、碎纸、铁钉，什么都要，然后卖给收垃圾的，换取一点点微薄的钱补贴家用。

　　家里的情况越来越糟糕，实在无法支付哪怕一丁点儿的学费了，就在这一年的秋天，小高尔基不得不离开学校到一间鞋店当学徒。日子过得真苦啊！除了要做好店里的工作，还得帮老板干各种家务活儿：洗衣服、拖地板、带小孩……每天都累得腰酸背痛，吃不好，睡不好。

有一次做饭时，老板催着快点上菜，高尔基心里一急，拿着汤碗的手也不由得颤抖起来，一不小心，刚煮沸的菜汤洒了一地，双手被严重烫伤，他被送进了医院。出院后，他被解雇了。

后来，高尔基去谢尔盖耶夫那儿做学徒。说是学徒，其实根本学不到任何手艺，而是每天做仆人和洗碗工的活儿。店主只负责供给他一天三顿饭，此外没有工资，也没有任何自由。但是为了给家里减轻一点负担，高尔基默默地接受了这个事实。他每天都要擦洗铜器、劈柴、生炉子、洗菜、带孩子，跟老板娘上市场当跑腿的，逢周六还要擦洗全部房间的地板和两座楼梯。小小的高尔基，很早便尝到了人世的艰辛。

在这痛苦的现实面前，高尔基唯一的乐趣就是读书。但是在谢尔盖耶夫家里，读书被看成是不务正业，被逮到了难免一顿毒打。高尔基总是千方百计地去找书，然后冒着很大的风险，深夜爬到阁楼上，钻进棚子里，借着月光看书。高尔基读的书五花八门，龚古尔、福楼拜、斯丹达尔的作品让高尔基如痴如醉，俄罗斯美妙的古典文学让高尔基神魂颠倒，他贪婪地吮吸着知识的甘露。

16岁的时候，高尔基决心要去读书，上大学。他希望通过上大学为自己寻找光明的前途。于是高尔基来到了喀山。但是对一个穷孩子来说，连填饱肚子都难，上大学根本就是不切实际的幻想。他每天一早就出去找活儿干，跟流浪汉们一起劈柴，搬运货物，晚上就住在城市的公园里，岸边的窑坑里，甚至树洞里、沟渠边。他不再对上大学抱什么期望了，他清楚地知道，社会就是自己的大学，在社会的大课堂里，他将学到许多书本上没有的知识。

后来，高尔基根据自己的经历，写出了他的"自传体三部曲"——《童年》《在人间》《我的大学》。这些作品成为世界文学史上不朽的经典。

★★★智 慧 感 悟★★★

生活的贫苦磨炼了高尔基的意志，使得他在饱尝苦水的日子里变得更加坚强。

人生在世，遭遇凄风苦雨实属自然。没有始终波澜不惊的大海，也没有永远平坦的大道。纵使惊涛骇浪，纵使沟壑纵横，跨过去了，人生也就变得多彩而丰富。璞玉需要精心打磨才能晶莹光亮，生命也需要锤炼才能更加厚重。

 # 走过辛酸的女诗人

巴莱特是 19 世纪英国著名的女诗人，1806 年 3 月 6 日出生于一个富裕的资产阶级家庭，她从小就显现出了好学的天性和文学上的才能。她没受过正式教育，依靠自学，精通了古希腊文，还学会了拉丁文和欧洲多个国家的语言。

她在英国西南部乡间长大，本是活泼的女孩，爱好读书，也爱好大自然，她也爱骑着小马在草原上驰骋——我们的女诗人是有过快乐的童年的。但是她 15 岁那年生了一场重病，二十几年来一直被禁锢在床上。她的命运够悲惨了，然而苦难并没有走到尽头，她一次次遭受意外的打击。

先是她的母亲去世了，弟弟爱德华就成了她最亲的人。他陪着她在乡间养病，却不幸溺死在她窗前望得见的那条河流里。她只好又回到伦敦的温波尔街，和家里人住在一起。伦敦阴冷潮湿的气候对于患慢性疾病的人是有害的，她的身体越来越弱。在夏天的时候，她坐在椅子上，难得让人抱着下楼一两次，看看外面的阳光。到了冬天，她

就蛰居在房里，像一头冬眠的睡鼠那样动弹不得。

但是她还是坚强地活了下来，把她的悲哀和希望都写进了诗歌里。

她在 1833—1838 年先后出版了《被缚的普罗米修斯》英译本和诗集《天使们》，成为举世闻名的大诗人。

智慧感悟

人生的道路崎岖坎坷，每个人都免不了遭遇失败和挫折，只有将这些挫折、打击和失败，视为浇灌自己茁壮成长的养分，你才能长成一株比别人更高、更壮的大树。

徐霞客漫游祖国山河

徐霞客名弘祖，是我国明代著名的地理学家。他年幼时就勤奋好学，博览图经地志。明末的政治极度黑暗，他不愿出仕做官。对祖国大好河山的热爱，使他排除了许多艰难险阻，游历了北至燕、晋，南至云、贵、两广半个中国之地。

他从万历三十五年（1607 年），即 22 岁起开始出游，一直到崇祯十二年（1639 年），因脚病从云南归来，前后 32 年。这期间他几乎没有一年不出游，没有哪个地方没到过。

他出游的时候，总是带着一根几尺长的铁棍帮助他登山，到处去探寻险境。旅途中他历尽艰辛，常常露宿在星月寒霜之下，忍饥挨饿数日不食。不论什么食物他都能吃，不论多么寒冷他都穿着单薄的衣服度过。

他的动作特别敏捷，每天都穿丛林、过悬崖，一天要走上百里路。晚上，他就在城墙边、枯树下，点燃柴草借着火光写他的游记。

最终，徐霞客以惊人的毅力和奋发的精神写出了《徐霞客游记》，流传千古。

徐霞客精神就是一种不畏艰险的攀登精神，试想，如果没有他历经 30 多年对祖国大好河山的亲身寻访，又怎么会有《徐霞客游记》这样一部奇书的万世流芳呢？徐霞客的一生耐人寻味，他用一生的攀登告诉我们，不畏艰险的人最终必将迎来群峰叠翠的无限风光。

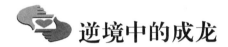

逆境中的成龙

国际巨星成龙原名陈港生，他的父亲是中国香港法国领事馆的一名底层职员，因为转到澳大利亚的美国领事馆工作，不能带小孩一起去，所以，6 岁多的成龙就被送到京剧泰斗于占元处寄宿学艺。成龙 7 岁时，父亲到了澳大利亚。一年多后，母亲也去了国外，每两年才回香港一次，留下成龙一个人在香港自求"生存之道"。

成龙跟随于师傅学艺的时候，60 多个小朋友挤在一起寄宿，共同使用一个洗手间；他们不刷牙，因为没有时间；穿鞋一个星期也不脱下来，恶臭难闻；每个孩子头上都长满了瘌痢疮。他们就像一群孤儿，每隔一段时间就排队去领取红十字会分发的那些米、奶粉等救济品。

这班小学徒，每天清晨 5 点起床，一直练到半夜 12 点。因为太累了，要争取睡眠时间，所以不刷牙，也不脱鞋脱袜。5 小时的睡眠时间对一个成长中的小孩子来说实在太少，所以，很多时候，成龙练压腿时，就架着腿打瞌睡；人家念书的时候，他就坐在教室后面睡觉。

于师傅是位"严师"，时时打"高徒"，每个都打，天天都打，只有过年过节时才稍为"收手"。与此同时，成龙与他的师兄弟洪金宝、元彪等人，又时常在街上闯祸打人。因为他们剃光头，被很多人视为不吉利，挑衅地向他们扔石头。这正好让这一班"光头仔"有一个发泄愤怒的机会，于是，他们会一窝蜂地拥过去将"挑衅者"打得头破血流。

为了替师傅赚钱，成龙等人在邱德根经营的荔园游乐场表演，一做就是数年，一年 365 天，天天不停。从 8 岁开始，成龙就开始以童星身份加入电影圈跑龙套。他的第一部片是李丽华主演的《秦香莲》。

17 岁，成龙正式出师。他曾说过："刚出师时，在潜意识中对父母有些怨恨，他们为什么到澳大利亚去了不理我？其他师兄弟，每个星期，至少两个星期内，就有家人来探访，带他们出去。我则没有。"

通常，这种潜意识的怨恨感、被遗弃感，会令一个普通人终生被自卑感压得透不过气来，整天自怜自悯、怨天尤人，但成龙没有这样。相反，他的成名，是由于他在《醉拳》系列影片中那些"童年往事"式的辛酸练功场面触发起观众的投入感，激发起观众高昂的"斗志"。

由于早年练功时痛苦的磨砺，使得成龙在以后的岁月中敢打敢拼，成为一代巨星。

★★★ 智慧感悟 ★★★

霍兰德说："在最黑的土地上生长着最娇艳的花朵，那些最伟岸挺拔的树木总是在最陡峭的岩石中扎根，昂首向天。"高普更是一语道破"天机"，他说："并非每一次不幸都是灾难，早年的逆境通常是一种幸运，与困难作斗争不仅磨炼了我们的人生，也为日后更为激烈的竞争准备了丰富的经验。"成龙的一生，不正是一部活生生的励志电影吗？

弯腰的哲学

　　孟买佛学院是印度最著名的佛学院之一，这所佛学院之所以著名，除了它建院历史的久远，它辉煌的建筑和它培养出了许多著名的学者以外，还有一个特点是其他佛学院所没有的。这是一个极其微小的细节，但是，所有进入过这里的人，当他再出来的时候，几乎无一例外地承认，正是这个细节使他们顿悟，正是这个细节让他们受益无穷。

　　这是一个很简单的细节，只是我们都没有在意：孟买佛学院在它的正门一侧，又开了一个小门，这个小门只有1.5米高、40厘米宽，一个成年人要想过去必须学会弯腰侧身，不然就只能碰壁了。

　　这正是孟买佛学院给它的学生上的第一堂课。所有新来的人，教师都会引导他到这个小门旁，让他进出一次。很显然，所有的人都是弯腰侧身进出的，尽管有失礼仪和风度，却达到了目的。教师说，大门当然出入方便，而且能够让一个人很体面、很有风度地出入。但是，很多时候，我们要出入的地方并不都是有着壮观的大门的，况且，有的大门也不是随便可以出入的。这个时候，只有学会了弯腰和侧身的人，只有暂时放下尊贵和体面的人，才能够出入。否则，很多时候，你就只能被挡在院墙之外了。

　　佛学院的教师告诉他们的学生，佛家的哲学就在这个小门里，人生的哲学也在这个小门里。人生之路，尤其是通向成功的路上，几乎是没有宽阔的大门的，所有的门都需要弯腰侧身才可以进出。

　　人生的道路会有曲折与艰险，会有深渊与泥潭，但只要你懂得了弯腰的哲学，经历困境之后，你就会迎来坦途。

拒绝死神召唤

1967 年夏天，美国跳水运动员乔妮·埃里克森在一次跳水事故中身负重伤，除脖子之外，全身瘫痪。

乔妮哭了，她躺在病床上辗转反侧。她怎么也摆脱不了那场噩梦，为什么跳板会滑？为什么她会恰好在那时跳下？不论家里人怎样劝慰她，亲戚朋友们如何安慰她，她总认为命运对她实在不公。出院后，她让家人把她推到跳水池旁。她注视着那蓝莹莹的水波，仰望那高高的跳台。她再也不能站立在那洁白的跳板上了，那蓝莹莹的水波再也不会溅起朵朵美丽的水花拥抱她了，她又哭了起来。从此，她被迫结束了自己的跳水生涯，离开了那条通向跳水冠军领奖台的路。

她曾经绝望过。但是，她拒绝了死神的召唤，开始冷静思索人生的意义和生命的价值。

她借来许多介绍前人如何成才的书籍，一本一本认真地读了起来。她虽然双目健全，但读书也是很艰难的，只能靠嘴衔根小竹片去翻书，劳累、伤痛常常迫使她停下来。休息片刻后，她又坚持读下去。通过大量的阅读，她终于领悟到：我是残了，但许多人残了后，却在另外一条道路上获得了成功。他们有的成了作家，有的创造了盲文，有的创造出美妙的音乐，我为什么不能？于是，她想到了自己中学时代曾喜欢画画。我为什么不能在画画上有所成就呢？这位纤弱的姑娘变得坚强起来了，变得自信起来了。她拿起了中学时代曾经用过的画笔，用嘴衔着，练习画画。

这是一个多么艰辛的过程啊。用嘴画画，她的家人连听都未曾听过。

他们怕她不成功而伤心，纷纷劝阻她："乔妮，别那么死心眼了，哪有用嘴画画的，我们会养活你的。"可是，他们的话反而激起了她学画的决心，我怎么能让家人一辈子养活我呢？她更加刻苦了，常常累得头晕目眩，汗水把双眼弄得咸咸的，而且很痛，甚至有时委屈的泪水把画纸也打湿了。为了积累素材，她还常常乘车外出，拜访艺术大师。几年过去了，她的辛勤劳动没有白费，她的一幅风景油画在一次画展上展出后，得到了美术界的好评。

不知为什么，乔妮又想要学文学。她的家人及朋友们又劝她说："乔妮，你绘画已经很不错了，还学什么文学，那会更苦了你自己的。"她是那么倔强、自信，她没有说话，她想起一家刊物曾向她约稿，要她谈谈自己学绘画的经过和感受。她付出了很多努力，可稿子还是没有写成，这件事对她刺激太大了，她深感自己写作水平差，必须一步一个脚印地去学习。

这是一条满是荆棘的路，可是她仿佛看到艺术的桂冠在前面熠熠闪光，等待她去摘取。

是的，这是一个很美的梦，乔妮要圆这个梦。终于，这个美丽的梦变成了现实。1976年，她的自传《乔妮》出版了，轰动了文坛，她收到了数以万计的热情洋溢的信。又两年过去了，她的《再前进一步》一书又问世了，该书以作者的亲身经历，告诉残疾人，应该怎样战胜病痛，立志成才。后来，这本书被搬上了银幕，影片的主角由她自己扮演。她成了青年们的偶像，成了千千万万个青年自强不息、奋斗不止的榜样。

★★ 智 慧 感 悟 ★★

挫折和打击总是在你最没能预料到的时候突然而至。它像一把双刃剑，带着截然不同的两面，是让自己在苦难中磨炼出更加完美的品性，还是在自怨自艾中消沉，这全在于你自己的选择。选择自强不息，就意味着你将自己的人生画卷又翻开了新的一页。

一切都会过去

古希腊有一位国王，拥有至高无上的权势、享用不尽的荣华富贵，但他并不快乐。他可以主宰自己的臣民，却难以操控自己的情绪，种种莫名其妙的焦虑和忧郁不时让他闷闷不乐、寝食难安。

于是，他召来了当时最负盛名的智者苏菲，要求他找出一句人间最有哲理的箴言，而且这句浓缩了人生智慧的话必须有一语惊心之效，能让人胜不骄、败不馁，得意而不忘形、失意而不伤神，始终保持一颗平常心。苏菲答应了国王，条件是国王将佩戴的那枚戒指交给他。

几天后，苏菲将戒指还给了国王，并再三劝告他："不到万不得已，别轻易取出戒指上镶嵌的宝石，否则，它就不灵验了。"

没过多久，邻国大举入侵，国王率部拼死抵抗，但最终整个城邦沦陷于敌手。于是，国王四处逃亡。

有一天，为逃避敌兵的搜捕，他藏身在河边的茅草丛中，当他掬水解渴，猛然看到自己的倒影时，不禁伤心欲绝——谁能相信如今这个蓬头垢面、衣衫褴褛的人，就是那个曾经气宇轩昂、威风凛凛的国王呢？

就在他双手掩面欲投河轻生之际，他想到了戒指。他急切地抠下了上面的宝石，只见宝石里侧镌刻着一句话："一切都会过去！"

顿时，国王的心头重新燃起希望的火花。从此，他忍辱负重、卧薪尝胆，重召旧部并东山再起，最终赶走了外敌，赢回了王国。

当他再一次返回王宫后，所做的第一件事便是将"一切都会过去"这句六字箴言，镌刻在象征王位的宝座上。

后来，他被誉为"最有智慧的国王"而名垂青史。据说，在临终之际，他特意留下遗嘱：死后，双手空空地露出灵柩之外，以此向世人昭示那句六字箴言。

☆智慧感悟☆

普希金说，一切都是暂时的，转瞬即逝……因此，当我们身处顺境时，要学会惜福与感恩；身处逆境时，要学会坚韧和等待，要相信逆境只是暂时的。

万事万物的状态都在不断地变化，我们要相信否极泰来，同样也要有繁花开尽花易落的心理。得意不忘形，失意不颓丧，这才是真君子。

我就喜欢做这件事

他是一位匈牙利木材商的儿子，由于从小生得呆笨，人们都喊他"木头"。12 岁时，他做了一个梦，梦到有个国王给他颁奖，因为他写的文章被诺贝尔看上了。当时，他很想把这个梦告诉别人，只因怕人嘲笑，最后只告诉了妈妈。

妈妈说："假若这真是你的梦，你就有出息了！我曾听说，当上帝把一个美好的梦想放在谁心中时，他是真心想帮助谁完成的。"

男孩信以为真。从此，他真的喜欢上了写作。

"倘若我经得起考验，上帝会来帮助我的！"他怀着这种信念开始了他的写作生涯。

三年过去了，上帝没有来；又三年过去了，上帝还是没有来。就在他期盼上帝前来帮助他的时候，希特勒的部队先来了。他作为犹太人，被送进了集中营。

在那里，600 万人失去了生命，而他活了下来。1965 年，他终于写出他的第一部小说《无法选择的命运》；1975 年，他又写出他的第二部小说《退稿》；接着，他又写出一系列的作品。

就在他不再关心上帝是否会帮助他时，瑞典皇家文学院宣布：把2002年的诺贝尔文学奖授予匈牙利作家凯尔泰斯·伊姆雷。他听到后大吃一惊，因为这正是他的名字。

当人们让这位名不见经传的作家谈谈获奖的感受时，他说："没有什么感受！我只知道，当你说'我就喜欢做这件事，多困难我都不在乎'时，上帝会抽出身来帮助你。"

★ 智 慧 感 悟 ★

功夫不负有心人，当你真的把你所做的事情当作自己的喜好时，那么，再大的艰辛对于你来说都算不得什么。

许多失败者之所以失败，就在于他们被前进道路上的迷雾遮住了眼睛。他们不懂得忍耐一下，不懂得再跨前一步就会豁然开朗，结果在胜利到来之前的那一刻，自己打败了自己。

第十章

永不言败的精神

> 　　一个人的成功往往来自于自己内心的一份坚持，虽然每个人的境遇不同，但是他们从没有放弃自己内心的追求！这一点点坚持使他们在竞争中成为真正的赢家！世上确有许许多多失败的人，但请坚信真正失败的人一定不是你！

拳王阿里的坚持

20 世纪 70 年代，世界拳王阿里因体重超过正常体重 20 多磅，速度和耐力大不如前，面临着告别拳坛的局面。

1975 年 9 月，四年未登拳台已 33 岁的阿里与另一拳坛猛将弗雷泽进行第三次较量。当比赛进行到第十四个回合时，阿里已经精疲力竭，处于崩溃的边缘。他觉得自己随时都有可能倒下，几乎再也没有力气迎战第十五个回合了。

然而，阿里并没有放弃，拼命坚持着，他心里知道，对方和自己一样，也筋疲力尽了。到这个时候，与其说在比气力，不如说在比毅力，最后的胜利就看谁能比对方多坚持一会儿了。他知道此时如果在精神上压倒对方，就有胜出的可能，于是尽量保持着坚毅的表情和势不可当的气势，双目如电。弗雷泽不寒而栗，以为阿里仍存着体力。阿里从弗雷泽的眼神中发现了这一微妙的变化，精神为之一振，更加顽强地坚持着。后来，弗雷泽表示愿意认输。裁判当即高举阿里的手臂，宣布阿里获胜。这时，保住拳王称号的阿里还未走到台中央便眼前一片漆黑，双腿无力地跪在地上。弗雷泽见此情景，追悔莫及。

阿里的胜利胜在他的坚持不懈，而弗雷泽的失败就败在他关键时刻的放弃。

智慧感悟

德国伟大诗人歌德在《浮士德》中说："始终坚持不懈的人，最终必然能够成功。"如果阿里不能坚持下去，那也许失败者就是他自已了。

人生的较量就是意志与智慧的较量，轻言放弃的人注定不会成功。

 笑到最后

开学第一天，苏格拉底对学生们说："今天咱们只学一件最简单也是最容易的事儿。每人把胳膊尽量往前甩，然后再尽量往后甩。"说着，苏格拉底示范了一遍。"从今天开始，每天做 300 下。大家能做到吗？"

学生们都笑了。这么简单的事，有什么做不到的？过了一个月，苏格拉底问学生们："每天甩手 300 下，哪些同学在坚持着？"有90%的同学骄傲地举起了手。又过了一个月，苏格拉底又问，这回，坚持下来的学生只剩下八成。

一年过后，苏格拉底再一次问大家："请告诉我，最简单的甩手运动，还有哪几位同学坚持着？"这时，整个教室里，只有一人举起了手。这个学生就是后来成为古希腊大哲学家的柏拉图。

智慧感悟

世间最容易的事常常也是最难做的，最难的事也可能是最容易做的。说它容易，是因为只要愿意做，人人都能做到；说它难，是因为真正能做到并持之以恒的，终究只有极少数人。

半途而废者经常会说"那已足够了""这不值""事情可能会变坏""这样做毫无意义"，而能够持之以恒者会说"做到最好""尽全力""再坚持一下"。

 # 永不言败的精神

一个发人深省的故事：

他5岁时就失去了父亲。

他14岁时从格林伍德学校辍学开始了流浪生涯。

他在农场干过杂活儿，干得很不开心。

他当过电车售票员，也很不开心。

16岁时他谎报年龄参了军，但军旅生活也不顺心。

一年的服役期满后，他去了阿拉巴马州，在那里他开了个铁匠铺，但不久就倒闭了。

随后他在南方铁路公司当上了机车司炉工。他很喜欢这份工作，他以为终于找到了属于自己的位置。

他在18岁时结了婚。仅仅过了几个月时间，在得知太太怀孕的同一天，他又被解雇了。

接下来，当他在外面忙着找工作时，太太卖掉了他们所有的财产，逃回了娘家。

随后大萧条开始了。他没有因为总是失败而放弃，别人也是这么说的，他确实非常努力了。

他曾通过函授学习法律，但后来因生计所迫，不得不放弃。

他卖过保险，也卖过轮胎。

他经营过一条渡船，还开过一家加油站。

但这些都失败了。

有人对他说："认命吧，你永远也成功不了。"

有一次，他躲在弗吉尼亚州若阿诺克郊外的草丛中，谋划着一次绑架行动。

他观察过一位小女孩的习惯，知道她下午什么时候会出来玩儿。所以静静地埋伏在草丛里，思索着，他知道她会在下午两三点钟从外公的家里出来玩儿。

尽管他的日子过得一塌糊涂，可他从来没有起过绑架这种残酷的念头。此刻他却借着屋外树丛的掩护，躲在草丛中，等待着一个天真无邪、长着红头发的小姑娘进入他的攻击范围。为此他深深地痛恨自己。

可是，这一天，那位小姑娘没出来玩儿。

因此，他还是没能突破一连串的失败。

后来，他成了考宾一家餐馆的主厨和洗碗师。要不是一条新的公路刚好穿过那家餐馆，他会在那里取得一些成就。

接着，就到了他退休的年龄。

他并不是第一个，也不会是最后一个到了晚年还无以为荣的人。

幸福鸟，或随便什么鸟，总是在不可企及的地方拍打着翅膀。

他一直安分守己——除了那次未遂的绑架。但他一直想从离家出走的太太那儿夺回自己的女儿。不过，母女俩后来自己回到了他身边。

时光飞逝，眼看一辈子都快过去了，他却一无所有。

要不是有一天邮递员给他送来了第一份社会保险支票，他还不会意识到自己已经老了。

那天，他身上的什么东西愤怒了，觉醒了，爆发了。

政府很同情他。政府说："轮到你击球时你都没打中，不用再打了，该是放弃、退休的时候了。"

他们寄给他一张退休金支票，说他"老"了。

他说："呸!"

他收下了那105美元的支票，并用它开创了新的事业。

后来，他的事业欣欣向荣。

而他，也终于在88岁高龄时大获成功。

这个到该结束时才开始的人就是哈伦德·山德士，肯德基的创始人。他用他的第一笔社会保险金创办的崭新事业正是肯德基家乡鸡。

★★★ 智慧感悟 ★★★

一个伟人的一生就是一部厚重的励志书，他们用智慧辅佐，用生命来书写这么一本人生之书。我们理应认真地品读，从中萃取成长的养料。永不言败是强者的声音，也是成功者才有的精神。

再坚持一下

老亨利是一家大公司的董事长，每年利润都有上百万。但他年过七旬仍不愿意在家里享清福，每天到公司巡视。

老亨利对员工很和善，从不发脾气，看见有人工作没做好，他就会用手拔出含在嘴里的大雪茄，说："伙计，没关系，别灰心，再坚持一下，准能成功。"说完还拍拍对方的肩膀。他这种做法很得人心，公司上下都十分卖劲地工作，谁也不偷懒。

一天，新产品开发部经理马克向老亨利汇报："董事长，这次试验又失败了，我看就别搞了，都第23次了。"马克皱着眉头，脸上神情十分沮丧。办公室里温暖如春，各种装饰品闪闪发光，米黄色的地板一尘不染。看到这些，马克就想起自己经常停暖气的公寓，什么时候自己也能拥有这样的房子？再瞧瞧歪靠在皮椅上的董事长，脑门儿被阳光照得泛着亮光。这老头有啥本事成为这么大家业的主人？马克心里暗想。

"年轻人，别着急，坐下。"老亨利指了指椅子，"有时候事情就是这样，你屡干屡败，眼看着没有希望，但坚持一下，没准就能成功。"老亨利将一支雪茄塞进嘴里。

"董事长，我真没办法了，您是不是换个人。"马克的声音有些沙哑。

"马克，你听我说，我让你做，就相信你能成功。来，我给你讲个故事。"老亨利吸了一口雪茄，缕缕青烟在他脸旁袅袅上升，他眯着眼睛开始讲起来：

"我也是个苦孩子，从小没受过教育，但我不甘心，一直在努力，终于在我31岁那年，发明了一种新型节能灯，这在当时可是个不小的轰动。但我是个穷光蛋，要进一步完善还需要一大笔资金。我好不容易说服了一个私人银行家，他答应给我投资。可我这个新型节能灯一旦投放市场，其他灯就会没销路，所以有人暗中千方百计阻挠我。谁也没想到，就在要与银行家签约的时候，我突然得了胆囊症，住进了医院，大夫说必须做手术，不然会有危险。那些灯厂的老板知道我得病的消息，就在报纸上大造舆论，说我得的是绝症，骗取银行的钱来治病。这样一来，那位银行家产生怀疑，不准备投资了。更严重的是，有一家机构也正在加紧研制这种节能灯，如果他们抢在我前头，我就完蛋了！当时我躺在病床上焦急万分，没有办法，只能铤而走险，先不做手术，而如期与那位银行家见面。

"见面前，我让大夫给我打了镇痛药。在办公室见面时，我忍住疼痛，装作没事似的，和银行家拍肩握手，谈笑风生，但时间一长，药劲过去了，我的肚子跟刀割一样疼，后背的衬衣都让汗水湿透了。可我咬紧牙关，继续和银行家周旋。当时我心里只剩下一个念头：再坚持一下，成功与失败就在能不能挺住这一会儿。病痛终于在我强大的意志力下低头了，自始至终，在银行家面前，我一点儿破绽也没露，完全取得了他的信任，最后我们终于签了约。我送他到电梯门口，脸上还带着微笑，挥手向他告别。但电梯门刚一关上，我就"扑通"一下倒在地上，失去了知觉。隔壁的医生早就准备好了，他们冲过来，用担架将我抬走。后来据医生说，当时我的胆囊已经积脓，相当危险。知道内情的人无不佩服我这种精神。我呢，就靠着这种精神一步步走到现在。"

老亨利一口气将故事讲完，他的头靠在皮椅上，手指夹着仍在冒烟的半截雪茄，闭起了双眼，仿佛沉浸在对往日的回忆中。这时屋里静极了，只有墙上大挂钟的滴答声。马克被老亨利的故事感动了。他望着董事长那油光发亮的前额，眼眶里闪动着晶莹的泪花，感到万分羞愧。唉，和董事长相比，自己这点困难算什么？从董事长身上他看到一种精神，而这精神就是创造财富的真谛！董事长无愧于成为这间庞大公司的主人，无愧于拥有这间高大宽敞、摆放着高级硬木家具的房屋。

"董事长，您刚才讲得太令我感动了，从您身上我真的体会到了再坚持一下的精神。我回去重新设计，不成功，誓不罢休!"马克挺着胸，攥着拳，脸涨得通红，说话的声音都有些颤抖了。

事实是最好的证明，在试验进行到第25次的时候，马克终于取得了成功。

★★智慧感悟★★

曾有位伟人说过：世上绝大多数人的失败，其实就败在距成功一步之遥上，败在意志力和耐力上。

人的境遇大多是由人们自身的努力程度决定的，努力七分和努力十分的人生注定会有天壤之别。

不管人生道路上会有多少个难题在等待我们解决，我们都要有锲而不舍、坚忍不拔的毅力，相信阳光总在风雨后。

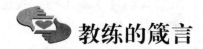 **教练的箴言**

美国一个伟大的大学篮球教练，开始执教一个实力很差、且刚刚连输了15场比赛的大学球队。他给队员灌输的观念是："过去不等于未来""没有失败，只有暂时没有成功""过去的失败不算什么，现在

是全新的开始"。

在第 16 场比赛打到中场时球队又落后了 20 多分，休息时每个球员都垂头丧气，教练问道："你们要放弃吗？"球员们嘴上说不要放弃，可他们的神态表明已经承认失败了。

于是，教练就开始问问题："各位，假如今天是篮球之神迈克尔·乔丹遇到连输 15 场，在第 16 场又落后 20 多分的情况，他会放弃吗？"

球员道："他不会放弃！"

教练又问："假如今天是拳王阿里被打得鼻青脸肿，但在钟声还没有响起、比赛还没有结束的情况下，他会不会选择放弃？"

球员答道："不会！"

"假如美国发明大王爱迪生来打篮球，他遇到这种状况，会不会放弃？"

球员回答："不会！"

接着，教练问他们第四个问题："约翰会不会放弃？"

这时全场非常安静，有人举手问："约翰是什么人物，怎么连听都没听说过？"

教练带着淡淡的微笑道："这个问题问得非常好，因为约翰以前在比赛的时候选择了放弃，所以你从来就没有听说过他的名字！"

人生路途漫漫，失败总是有的。但这一切，只不过是你通往成功道路上的一块绊脚石。别为你的挫折感到伤心，坚持生命因挫折而精彩；别为你的坎坷感到忧愁，坚持人生因坎坷而充实。笑一笑，就如遇到幸福和快乐那样高兴吧！挫折和坎坷其实并不起眼，只要坚持我们的信念和理想，坚持努力过后便是胜利，阳光总在风雨后，相信在经历了无数次的失败过后便是美好的明天！

假如我是黑人

24 岁的约翰逊是一位平凡的美国人，他以母亲的家具做抵押，得到 500 美元贷款，开办了一家小小的出版公司。

他创办的第一本杂志是《黑人文摘》。为了扩大发行量，他有了一个非常大胆的想法：组织一系列以"假如我是黑人"为题的文章，请白人在写文章的时候把自己摆放在黑人的地位上，严肃地来看待这个问题。

他想，如果请罗斯福总统的夫人埃莉诺来写一篇这样的文章是最好不过了。于是，约翰逊便给罗斯福夫人写了一封请求信。

罗斯福夫人给约翰逊回了信，说她太忙，没有时间写。约翰逊见罗斯福夫人没有说自己不愿意写，就决定坚持下去，一定要请罗斯福夫人写一篇文章。

一个月后，约翰逊又给罗斯福夫人发去了一封信。夫人回信仍说太忙。此后，每过一个月，约翰逊就给罗斯福夫人写一封信。夫人也总是回信说连 1 分钟的空闲也没有。约翰逊依然坚持发信，他相信，只要他坚持下去，总有一天夫人是会有时间的。

一天，他在报上看到了罗斯福夫人在芝加哥发表谈话的消息。他决定再试一次。他打了一份电报给罗斯福夫人，问她是否愿意趁在芝加哥的时候为《黑人文摘》写那样一篇文章。

罗斯福夫人终于被约翰逊的坚持感动了，寄来了文章。结果，《黑人文摘》的发行量在一个月之内由 5 万份增加到 15 万份。这次事件成为约翰逊事业的重要转折点。

后来，约翰逊的出版公司成为美国第二大黑人企业。

智慧感悟

做任何一件事，都要有始有终，坚持把它做完，不要轻易放弃，如果放弃了，就永远没有成功的可能。

有些事看起来似乎很难，但如果我们辅之以勤奋、智慧、耐心，那么它们就会像纸老虎一般一拆就散。

 **蚂蚁人生**

布奇是位鳏夫，今年已 90 岁了。不过看样子他至少还能活 20 个年头。

布奇从来不谈论自己的长寿之道，其实这也没有什么好奇怪的，他平时就是个寡言少语的人。布奇虽然不爱说话，却很乐于帮助别人。因此结识了不少莫逆之交。据他的朋友透露，他母亲生他时难产死了。他 5 岁那年，家乡发生水灾，大水一直漫过房顶。他坐在一块木板上，而他的父亲和几个哥哥扶着木板在水里游着。在那个生命之舟上，他眼睁睁地看着巨浪把自己的几个哥哥一个个地卷走。当他看到陆地的时候，父亲也身心俱竭，随水而走了。他是全家唯一的幸存者。经此磨难，他活泼的眼神变得呆滞了，其眼前似乎总是弥漫着一片茫茫大水。

布奇长大成人，结了婚，温柔美丽的妻子为他生了 5 个可爱的孩子——3 个男孩和 2 个女孩。他渐渐忘记了过去的痛苦，刻板的脸又有了微笑。天有不测风云，人有旦夕祸福。他们全家出去郊游，布奇雇了一辆汽车，可是汽车不够宽敞，他只好骑着自行车兴致勃勃地跟在后面。这时车祸发生了。布奇又成了孤身一人。那一瞬间，他的眼神又变得像木头一样呆滞了。

此后，布奇再也没结过婚。他当过兵，出过海。他没日没夜地跟苦难的朋友们待在一起，倾尽全力帮别人的忙。尽管布奇也经历了各种各样的惊涛骇浪，然而，死神逼近的时候，总是拥抱别的灵魂，好像他有主的护身符一样。

不知什么时候，90岁的布奇已站在我们身后，他苍凉的声音像远古时期的洪流冲击着每一个人。

"在离我10米远近的水面上，一窝蚂蚁抱成足球那么大的一团漂浮着。每一秒钟都有蚂蚁被洪水冲出这个球。当这窝蚂蚁跟5岁的我一起登上陆地时，竟还有网球那般大小。"

智慧感悟

蚂蚁的坚忍与对生命的追求启发了布奇，布奇的传奇人生感化了我们。对于坚忍的生命来说，苦难只是人生的插曲而已，它并不会破坏主旋律的演奏。

倾心演出人生的角色

卓别林是美国最成功的艺术大师之一，他的滑稽艺术形象给全世界人民留下了深刻的印象。卓别林1889年4月16日出生于伦敦。他的父亲是一位音乐厅的男中音歌手，母亲是位歌唱家兼舞蹈家。

卓别林一家常常陷于经济拮据之中。父亲酗酒，母亲忧虑过度，以致身体虚弱。卓别林是在剧院后台长大的。他在会讲话之前，就学会了唱歌；在能走路之前，便学会了跳舞。5岁时，他第一次登台亮相，演出就引起一场小轰动。

大约一年后，父母分居。不久之后，父亲酒精中毒而死。全家陷于绝境之中，卓别林不得不暂时被安置在救济院。后来情况好转，母亲才把卓别林领回来，靠针织女红来养活家人。卓别林长到 7 岁的时候，便在一个儿童音乐厅的节目中演出以帮助家计。

卓别林孤苦伶仃一个人流浪街头，替人跑腿或做点别的临时工作以赚取几个便士。

后来遇到了贵人，卓别林才告别流浪的生活。这位贵人便是卓别林的同母异父兄弟席德尼。那一年席德尼航海归来，身边有点小资本，他花钱让弟弟在伦敦杂耍戏场演出，几年之内，卓别林便成为英国最受欢迎的童星之一。

在担任童星演出时，卓别林发现自己有演滑稽哑剧的天赋。

褴褛的衣服成为卓别林的标志，纯粹是一件偶然的事。一天，杂耍团叫卓别林穿得滑稽一点，到外面去拍外景。匆忙之间卓别林顺手就捡起了几件：一件是一位以肥胖出名的丑角所穿的宽松裤子；一件是特大号的鞋子，这是另一位滑稽明星的东西；一件是一顶破旧的圆顶礼帽，小到了他不能戴；一件上衣，小得连他那种瘦长的骨架穿起来还觉得太紧；一根整洁漂亮到和他的一身打扮不相称的竹拐杖，和一小撮"牙刷式"的胡子。他这一身戏服成了落魄雅士的化身。他喜剧方面的效果使人开怀，所以他从杂耍表演跳入电影圈后仅用了 13 个星期，便被获准自编自导。在席德尼的努力下卓别林的周薪由 150 美元提高到 400 美元，然后是 1250 美元。后来有家互助公司破天荒地给了他周薪 1 万美元，再加上 15 万美元的分红。卓别林一下子就成了好莱坞著名的滑稽明星。

★智慧感悟★

这个世界上哪里有什么幸运儿，那不过是人们杜撰的可供自己想象的形象而已。

但凡有所作为的人，不是经历过这样的苦痛，就是面临过那样的逆境。但所幸的是，他们是一群意志坚定的人，终于跨越了人生的泥淖。

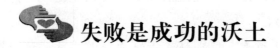

失败是成功的沃土

罗森沃德是美国最大的百货公司西尔斯—娄巴克公司的最大股东，他也是 20 世纪美国商界的风云人物。然而，这个做服装生意起家的富翁也经历了许多创业时的失败与艰辛。

罗森沃德 1862 年出生在德国的一个犹太人家庭，少年时随家人移居美国，定居在伊利诺伊州斯普林菲尔德市。

罗森沃德的家境不大好，为了维持生活，中学毕业后，他就到纽约的服装店当跑腿，做杂工。罗森沃德从年幼时就受犹太人的教育影响，骨子里有一种艰苦奋斗的精神。他确信凡人都有出头之日，一个人只要选定了目标，然后坚持不懈地往目标迈进，百折不挠，一定会胜利。罗森沃德本着这种信念，十分卖力地赚钱。

"我要当一个服装老板。"这是罗森沃德的奋斗目标。为了实现这个目标，他除了在工作中留心学习和注意动态外，把全部的业余时间用于学习商业知识，找有关的书刊阅读。到 1884 年，他自认为有些经验和小本金了，就决定自己开设服装店。可是，他的商店门可罗雀，生意极其不佳，经营一年多，把多年辛苦积蓄的血汗钱全部赔光了，商店只好关门，罗森沃德垂头丧气地离开纽约，回伊利诺伊州去了。

痛定思痛，罗森沃德反复思考自己失败的原因。最后，他找出了缘由：服装是人们的生活必需品，但又是一种装饰品，它既要实用，又要新颖，只有这样才能满足各种用户的需求。而自己经营的服装店，没有什么特色，也没有任何新意，再加上未建立起商誉，没有销售渠道，是注定要失败的。

针对自己出师不利的原因，罗森沃德决心改进，他毫不气馁继续学习和研究服装的经营办法。他一边到服装设计学校去学习，一边对服装市场进行考察，特别是对世界各国时装进行专门研究。一年后，他对服装设计很有心得，对市场行情也看得较为清楚。于是，决定重整旗鼓，他向朋友借来几百美元，先在芝加哥开设一间只有十多平方米的服装加工店，店里除了展出他亲自设计的新款服饰图样外，还可以根据顾客的需求对已定型的服饰改进，甚至按顾客的口述要求重新设计。因为他的服装设计款式多，新颖精美，再加上经营灵活，很快博得了客户的欣赏，生意十分兴旺。两年后，罗森沃德把自己的服装加工店扩大了数十倍，改为服装公司，大批量生产各种服装。

从此以后，罗森沃德财源广进，声名鹊起。

★智 慧 感 悟★

人非圣贤，孰能无过？犯错也会让我们成长，只是我们要懂得从中吸取能为我所用的养分。所以说犯错并不可怕，可怕的是重蹈覆辙，再犯同一个错误，就该叫愚蠢了，那样人生要对我们给予教训也就理所当然了。

从感恩走向优秀

感恩的心态，是一种神奇的力量，千万不要忽视这种力量的作用，它能让天堑变通途，腐朽化神奇。拥有一颗感恩的心，是成为优秀之人的保障。感恩，会让我们产生极强的内在原动力，会激励我们朝着卓越的方向去努力，向成功的方向进发。

人生要学会欣赏

古时候，有户人家有两个儿子。当两兄弟都成年以后，他们的父亲把他们叫到面前说：在群山深处有绝世美玉，你们都成年了，应该做探险家，去寻求那绝世之宝，找不到就不要回来了。

两兄弟次日就离家出发去了山中。大哥是一个注重实际、不好高骛远的人。有时候，即使发现的是一块有残缺的玉，或者是一块成色一般的玉甚至那些奇异的石头，他都统统装进行囊。过了几年，到了他和弟弟约定的会合回家的时间，此时他的行囊已经满满的了，尽管没有父亲所说的绝世完美之玉，但造型各异、成色不等的众多玉石，在他看来也可以令父亲满意了。后来弟弟来了，两手空空，一无所得。弟弟说，你这些东西都不过是一般的珍宝，不是父亲要我们找的绝世珍品，拿回去父亲也不会满意的。弟弟说，我不回去，父亲说过，找不到绝世珍宝就不能回家，我要继续去更远更险的山中探寻，我一定要找到绝世美玉。

哥哥带着他的那些东西回到了家中。父亲说，你可以开一个玉石馆或一个奇石馆，那些玉石稍一加工，都是稀世之品，那些奇石也是一笔巨大的财富。

短短几年，哥哥的玉石馆已经享誉八方，他寻找的玉石中，有一块经过加工成为不可多得的美玉，被国王御用作了传国玉玺，哥哥因此也成了倾城之富。

在哥哥回来的时候，父亲听了他介绍弟弟探宝的经历后说，你弟弟不会回来了，他是一个不合格的探险家。他如果幸运，能中途醒悟，明白至美是不存在的这个道理，是他的福气。如果他不能早悟，便只能以付出一生为代价了。

很多年以后，父亲的生命已经奄奄一息。哥哥对父亲说要派人去寻找弟弟。父亲说，不要去找了，如果经过了这么长的时间和挫折他都不能顿悟，这样的人即便回来又能做成什么事情呢？世间没有纯美的玉，没有完善的人，没有绝对的事物，为追求这种东西而耗费生命的人，何其愚蠢啊！

人与人之间是存在竞争与共存的关系，但是我们要看到更多的是合作关系。在合作中，随着我们对彼此的熟悉，我们往往会很欣赏对方，而这种欣赏，则往往带给人们一种赏心悦目的体验，仿佛重新为体内注入了能量。

懂得欣赏，便是懂得了进步的方式。然而，很不幸的，人们往往习惯于嫉妒，或是习惯于完美。于是，他们对于可欣赏的视而不见，从而浪费了大好时光。

 **永远保持热忱**

卡通大王沃特·迪斯尼，凭借近乎疯狂的做事热情，创作出了许多深入人心的形象，如米老鼠、三只小猪等，获得了巨大成功。

他在 1918 年以前仍然是个无名小卒，现在却是全美最有名的人物之一。

迪斯尼希望自己能成为一名画家。一天，他到坎萨斯城明星报社找事做，让总编辑看他的自画像。总编辑一看他的画就认为他毫无画画的天才，他只好垂头丧气地回家了。

后来，他好不容易才找到事做，那是在教会中绘图，薪金很低。因为一直借不到办公室，他便使用父亲汽车厂的工作室。当然，那时的辛苦是可想而知的，也正是在充满汽油味的车厂做事，才引发了日后价值百万美元的构想。

后来，他根据一只曾经陪他度过孤独的老鼠创作出了人人喜爱的米老鼠的形象。

卡通影片的制作必须有许多原画，都要一张一张地画，台词的创作、画面的完成，这些事全部要靠大批的助手帮忙。迪斯尼本人则全心投入电影的构思之中，只要有一点构想，就与剧本部的助手们共同商议。

有一天，他提出了一个构想，想将儿童时期母亲所念过的童话故事，改编成彩色电影，那就是三只小猪与野狼的故事。

大家都表示怀疑。

终于，因为他无与伦比的工作热情，并且不断地提出，大家才答应试一试，但是对它不抱任何的希望。

米老鼠制片时费时 90 天，如果《三只小猪》花 90 天是太浪费了，因此，迪斯尼决定用 60 天就完成它。所有的人员都没有料到，该片竟受到人们的热烈喜爱。

这实在是空前的大成功。它的主题曲立刻风靡全国——大野狼呀，谁怕他，谁怕他？

该片在电影院总共上映了七次之多。在卡通影片的历史上，这是史无前例的壮举。

热情，使工作更美丽。

★ 智 慧 感 悟 ★

励志大师戴尔·卡耐基认为，无论做什么事，成功的最大秘诀就是喜欢自己的工作——这也正是迪斯尼一生所抱持的信念。正是对绘画、电影等工作的无比热爱，让他由一个身无分文的穷小子变成了一个名声显赫的人物。

学会感恩，会让目光更远

作为清朝历史上在位时间最长、最具丰功伟绩的帝王，康熙同样具有感恩意识。

某一年的正月，康熙设宴款待文武百官，当时，他举起酒杯对文武百官动情地说："这第一杯酒朕要敬所有为国尽忠的臣子，感谢你们辅佐我走过这几十年的风风雨雨，使人民过上安居乐业的生活。"

说罢，他又端起第二杯酒说："这第二杯酒我要敬我的祖母，感谢她陪我走过这么多的坎坷，克服了重重困难，没有她就没有朕的今天，没有她就没有大清的今天。"

随后，康熙把第二杯酒一饮而尽。

片刻，只见康熙一脸平静，似乎在回忆着什么。这时，康熙端起了第三杯酒，对着百官说："这第三杯酒啊，我要敬给我的对手们，鳌拜、噶尔丹、吴三桂他们都是英雄豪杰，是他们逼着朕建立了丰功伟业，没有他们，大清不会有今天的国泰民安，是他们教朕如何做一个真正的天子。"

诸位大臣们听后都激动地对皇上叩头，表示对皇帝的称赞。

智慧感悟

这就是康熙，身为封建王国的最高统治者，心胸如此宽阔，实在难得。因为他身上所具有的感恩意识，更让后人对他多了几分敬意。

如果你想要让你的心胸像大海一样宽广，要想给宽广的心洒下一缕缕温暖的阳光，就需要参透感恩这门哲学，让感恩渗透到你的一言一行中去。

学会感恩并不难，感恩可以随时随地携带，感恩常常出于自然。以感恩的心做好身边的每件小事，以感恩的心去对待身边每一个人，便能让你心灵的天空永葆一份雨后初晴般的澄澈湛蓝。

按卓越的标准做事

多年前，我国一个留学生在日本学习期间，曾利用课余时间打零工，以赚取生活费和学费，当时，他好不容易找到了一个为餐馆洗盘子的工作。

不过，在日本的餐饮业，有一个不成文的行规，即餐馆的盘子必须用水洗上6遍。洗盘子的工作是按件计酬的。

刚开始几天，这位留学生每次都是老老实实地把盘子用水洗上6遍。渐渐地，他发现，在洗盘子的时候根本就没有人监督，他想，反正也没人监督，我少洗一两遍也不会有人知道。自从在有了这个大胆的想法之后，他就付诸实践了。

在以后的工作中，每次这位留学生都会少洗一两遍。果然，这样一来，劳动效率大大提高，工钱自然也迅速增加。

同在一起洗盘子的一个日本学生向他请教洗盘子技巧。他毫不避讳地说："少洗1遍嘛。洗了6遍的盘子和洗了5遍的有什么区别吗？"日本学生听了，渐渐地与他疏远了。

这天，餐馆老板抽查了一下盘子清洗的情况。在抽查中，老板用专用的试纸测出了那位中国留学生清洗的遍数不够，于是责问他，他却振振有词："洗5遍和洗6遍不是一样干净吗？"

老板听了他的话，没有说别的，只是淡淡地对他说："好吧，既然你是这样缺乏良知的人，你可以离开这里了。"

于是，他到另一家餐馆应聘洗盘子。这位老板打量了他半天说：

"你就是那位只洗5遍盘子的中国留学生吧？对不起，我们不需要！"

接着，第二家、第三家……他屡屡碰壁。

后来，他的房东也要求他退房，原因是他做事不敬业、不负责任的"名声"对其他住户（多是留学生）的工作也产生了不良影响。而且，他就读的学校也希望他能转到其他学校去，因为他影响了学校的生源……万般无奈，他只好收拾行李搬到另一座城市，一切重新开始。

这时的他幡然醒悟，并痛心疾首地告诉那些到日本留学的中国学生："在日本洗盘子，一定要洗6遍呀！"

智慧感悟

这位留学生没有按照餐馆的规定，将盘子洗上6遍，这不仅是不诚实的表现，更是不负责任的表现。他损害的不仅仅是老板的利益，更损害了自己的名声。

他不仅被老板辞退，而且还被房东辞退，被学校辞退，最终他不得不离开那里，来到一个新的城市，重新开始。

在没有人监督的情况下，盘子要洗5遍还是6遍，看似一件微不足道的小事，但是这些微不足道反映了一个人责任意识以及感恩意识的缺失。

在我们身边，常有同学在放暑假（寒假）之后一个劲儿地疯玩，把作业丢到一边，等到快开学的时候，才发现有好多作业还没有做。怎么办呢？对了，找做完的同学借用一下吧，反正也是在"替老师做作业"。

这些同学虽然很快完成了任务，他们以为这样蒙骗的是老师，事实上，他们愚弄的只是自己，这是一种对自己不负责任的做法。

当你尝试着对自己的学习、生活负责的时候，但你力求让每件事精益求精的时候，你的生活便会因此改变很多。

生活中，当你想偷懒的时候，请你问自己一句："我的盘子洗够6遍了吗？"

感恩是走向优秀的能力

一

史蒂文斯曾经是一名在软件公司干了8年的程序员，正当他工作得心应手时，公司却倒闭了，他的第三个儿子刚刚降生，作为丈夫和父亲，他不得不为生计重新找工作。一个月过去了，他屡屡碰壁。

这时，一家软件公司招聘程序员，待遇相当不错，史蒂文斯信心十足地去应聘。凭着过硬的专业知识，他轻松过了笔试关，对两天后的面试，史蒂文斯也充满信心。然而，面试时考官的问题是关于软件未来发展方向方面的，这点他从来没有考虑过，故遭淘汰。

史蒂文斯觉得这家公司对软件产业的理解，令他耳目一新，深受启发，于是他给公司写了一封感谢信。"贵公司花费人力、物力，为我提供笔试、面试机会，虽然落聘，但通过应聘使我大长见识，获益匪浅。感谢你们为之付出的劳动，谢谢!"这封信后来被送到总裁手中。3个月后，这家公司出现职位空缺，史蒂文斯收到了录用通知书。

这家公司就是美国微软公司。十几年后，凭着出色业绩，史蒂文斯成了微软公司的副总裁。

二

日本有一项国家级的奖项，叫"终身成就奖"。无数的社会精英一辈子努力奋斗的目标，就是为了能够最终获得这项大奖。但其中有一届的"终身成就奖"，颁给了一个"小人物"——清水龟之助。

清水原来是一个橡胶厂的工人，后来转行做了邮递员。在最初的日子里，他没有尝到多少工作的乐趣和甜头，于是在做满一年以后，便心生厌倦和退意。这天，他看到自己的自行车信袋里只剩下一封信还没有送出去，便想等他把最后的一封信送完，就马上去递交辞呈。

然而，这封信由于被雨水打湿而使地址模糊不清，清水花费了好几个小时的时间，还是没有把信送到收信人的手中。由于他当时觉得这将是他邮递员生涯送出的最后一封信，所以他发誓无论如何也要把这封信送到收信人的手中。他耐心地穿越大街小巷，东打听西询问，好不容易才在黄昏的时候把信送到了目的地。原来，这是一封录取通知书，被录取的年轻人已经焦急地等待好多天了。当年轻人终于拿到通知书的那一刻，他激动地和父母拥抱在了一起。

看到这感人的一幕，清水深深地体会到了邮差这份工作的意义所在，同时，他也深深体会到这份工作带给他的快乐。他意识到邮递员是在传递人们的各种丰富的情感。他不再觉得乏味与厌倦，他深深地领悟了职业的价值和尊严，他爱上了这份工作，一干就是25年。

为了能更好地为人民服务，他把自己所管辖的邮区的住户做了分类，把生活不便的人列为重点对象，为不识字的老人代写书信。他还举办各种活动，让住户更多地了解邮递员工作，也让邮递员更好地倾听大家的意见，以此来改进工作。

从30岁当邮递员到55岁，清水创下了25年全勤的空前纪录。他在得到人们普遍尊重的同时，也于1963年得到了日本天皇的召见和嘉奖。

★智 慧 感 悟★

在今天激烈竞争的年代，拥有一颗感恩的心也是你成为优胜者的条件之一。感恩不仅仅是一个人的品质问题，它更是一个人的一种能力。

增强实力，为感恩的心注入力量

英国著名的生物学家达尔文是进化论的奠基人。他曾进行过五年的环球旅行，对大自然有着深刻的了解，写下了对生物科学研究起着重大作用的《物种起源》一书。

而幼时的达尔文就对周围环境非常感兴趣，特别喜欢钻研问题。

一次，达尔文跟着爸爸到花园里散步，花坛里盛开着五颜六色的花，美丽极了。他见其他花有好多种颜色，而报春花只有黄色和白色两种，就对父亲说："爸爸，要是报春花也有很多种颜色，那该多好呀！"

爸爸笑着说："你这个小幻想家，好好努力，我相信你一定能想出好办法。"

两天后，达尔文对爸爸说："我已经想出了一个非常好的办法，我要变一朵红色的报春花送给你。"

他的爸爸很高兴："好好好，我的小宝贝，你去变吧，变出来的话，它将是我们英国第一朵红色的报春花。"

没几天，达尔文大声喊着跑到爸爸面前，把手伸到爸爸跟前说："爸爸，你快看呀！"

一样惊讶的爸爸看到了捧在儿子手里的果然是一朵火红色的报春花，美丽极了。

"小宝贝，你是怎么变出来的？"爸爸惊奇地问。

"研究出来的呗。"达尔文骄傲地说。

"爸爸，你不是说过吗，花每时每刻都在用根吸水，并且把水传到身体的各个地方去，于是我就想让报春花喝些红色的水，传到白色的花朵上，那么花不就会透出红颜色来了吗？昨天，我折了一朵白色的报春花，把它插到红墨水里，今天它就变成红色的了！"爸爸把儿子抱起来，亲了又亲。

正是由于达尔文从小就对大自然有着浓厚的兴趣，并坚持下来，经过孜孜不倦的探索，他后来成了伟大的生物学家。他一生所取得的成就造福了全人类。

你有哪方面的兴趣爱好呢？

篮球飞人乔丹小时候就对打篮球十分感兴趣，尽管别人嘲笑他个子小、动作难看，他却毫不放在心上，甚至感激别人的嘲笑，一心一意地为实现他的篮球梦做着艰苦的努力。不过，那些在别人看来的苦，在他那里倒完全成了一种甜蜜。因为他在做的是他感兴趣的事，当乔丹把篮球变成他的特长的同时，也为篮球事业作出了自己的贡献。

常常听大人们劝告我们，要干一行、爱一行，学习更是不能马马虎虎，虽然我们听不进去，总是反叛。但带着兴趣做好自己该做的事情，就是对自己和他人的一种感恩和负责。

想想看，如果我们把每件事当成兴趣来做，不就是一件愉快的事吗？不就可以尽到更大的责任了吗？

将兴趣培养成为特长甚至是技能，是让自己变得优秀、让感恩更有力量的最好的一种方式。

附录　感恩纪念节日

感恩节的由来

感恩节（Thanksgiving Day）是美国和加拿大共有的节日，原意是为了感谢印第安人，后来人们常在这一天感谢他人。

感恩节的起源，和英国基督教的宗教纷争有关。大约在 16 世纪末到 17 世纪，英国清教徒发起了一场来势猛烈的宗教改革运动，宣布脱离国教，另立教会，主张清除基督教圣公会内部的残余影响。但是，在 17 世纪中叶时，保皇议会通过了《信奉国教法》，清教徒开始遭到政府和教会势力的残酷迫害，逮捕、酷刑、宗教审判，每时每刻都在威胁着清教徒。被逼无奈，他们只得迁往荷兰避难。但是，寄人篱下的日子不好过。在荷兰，清教徒不仅没能逃脱宗教迫害，而且饱受战争带来的痛苦和折磨。更令他们难以忍受的是远在异国他乡，孩子们受不到英国式的教育，对故土的感情一天一天地淡薄下去。为了彻底逃脱宗教迫害的魔爪，为下一代保留住祖国的语言和传统，他们再一次想到大迁徙。

天下虽大，何处是这群天涯沦落人的归宿呢？想来想去，他们把目光投向了美洲。哥伦布在 100 多年前发现的这块"新大陆"，地域辽阔，物产富饶，而且有很多地方还是没有国王、没有议会、没有刽子手、未开发的处女地。"海阔凭鱼跃，天高任鸟飞。"只有在这样的地方，他们才能轻轻松松地生活，自由自在地信奉、传播自己所喜欢的宗教，开拓出一块属于清教徒的人间乐园。

于是，清教徒的著名领袖布雷德福召集了 102 名同伴，在 1620 年 9 月，登上了一艘重 180 吨、长 90 英尺的木制帆船——五月花号，开始了哥伦布远征式的冒险航行。对于航海来说，这艘有着浪漫名称的船只未免太小了。由于形势所迫，他们"选择"的，又是一年中最糟的渡洋季节。不过，怀着对未来的美好憧憬，为了找回失去的权利和自由，这群饱经忧患的人已经不顾一切了。

海上风急浪高，五月花号就像狂风暴雨中的一片树叶，艰难地向前漂泊着，几乎随时都有船毁人亡的危险。但在大家的共同努力下，船只没有遇到任何损害，并在航行了 66 天后，于 11 月 21 日安全抵达北美大陆的科德角，即今天美国马萨诸塞州普罗文斯敦港。稍事休整后，五月花号继续沿海岸线前进。由于逆风和时差，它没有能到达预定的目的地——弗吉尼亚的詹姆斯敦，反而在圣诞节后的第一天，把他们送上了新英格兰的土地。

有意思的是，在这次充满危险的远征中，所有探险者只有一人死亡。但由于旅途中诞生了一名婴儿，使到达美洲的人不多不少，仍然是 102 名。移民都是虔诚的教徒，无不手画十字，衷心感谢上帝的眷顾。

现在，呈现在他们面前的，完全是一块陌生的土地，蜿蜒曲折的海岸线，显得沉寂、荒凉。因此，大约在一个月内，移民们不敢贸然靠岸，仍然以船为家。在此期间，他们派出了侦察队，乘坐小船在科德角湾沿线寻找定居地。一天，正在大家焦急等待的时候，侦察队返回来报告说，他们发现了一个适合移民们居住的、真正的"天堂"。"天堂"就是今天的普利茅斯港，这是一个天然的良港。港口附近有一个优良的渔场，可以提供大量的海产品。不远处一片连绵起伏的小山，就像一道天然屏障，把这块土地环绕起来。在明亮的阳光下，结了冰的小溪反射着晶莹的光泽，可以为移民们提供充足的淡水。开垦过的肥沃农田，一块一块整整齐齐地排列着。除此之外，他们还看到了一片虽然残破，却足以遮风避雨、帮助他们度过严冬的房屋……看起来，一切都不错，而且不能再好了。唯一令他们感到迷惘的是这片到处都有人类生活轨迹的土地，竟然看不到一个人影、一缕炊烟，显得那样荒凉，倒好似事先就为他们准备的一样。后来才知道这里原来是一个相当繁荣的印第安村落。几年前天花流行，全村人无一幸免，这才使它成了这群异国漂泊者的最佳避难所。

几天后，五月花号渡过了科德角湾，在普利茅斯港抛下了锚链。移民们划着小艇登陆时，按照古老的航海传统，首先登上了一块高耸于海面上的大礁石。五月花号上礼炮轰鸣，人声鼎沸，共同庆祝新生活的开始。后来，这块礁石就被称为"普利茅斯石"，成为美洲新英格兰第一个永久性殖民地的历史见证。

不过，对这些渴望幸福的移民来说，第一个冬天并不美好。从大西洋上吹来的凛冽寒风，像魔鬼一样在空中嘶鸣，漫天的冰雪，无情地拍打着简陋的住房。在这一片冰天雪地里，移民们缺少必要的装备，也缺乏在这片土地上生活的经验。在繁忙劳动的重压下，不少人累倒了，累病了，恶劣的饮食，难以忍受的严寒，使更多的人倒地不起。接踵而来的传染病，夺去许多人的生命。一个冬天过去，历尽千难万险来到美洲的102名移民，只剩下了50个。几乎每天都有人死去，几乎天天都有一家或几家在做丧事。刚刚踏上这片土地时的欢乐没有了。每个人的心头，都被一种空前绝望的气氛笼罩着。一个梦，一个刚刚开始的美梦，难道就这样被打破了吗？每个人都在思索着。

就在移民们束手无策、坐以待毙时，第二年春天的一个早晨，一名印第安人走进了普利茅斯村。他自我介绍说，他是临近村落的印第安酋长派来察看情况的。这是移民们来到美洲后接待的第一个客人。他们向客人倾诉了自己的来历以及所经受的种种无以复加的苦难。印第安人默默地听着，脸上流露出无限的怜悯和同情。事情就此有了转机，几天后，这名印第安人把他的酋长马萨索德带进了移民们的房屋。酋长是个慷慨热情的人，他向移民表示了热烈的欢迎，给他们送来了许多生活必需品做礼物。派来了最有经验、最能干的印第安人，教给移民们怎样在这块土地上生活，教他们捕鱼、狩猎、耕作以及饲养火鸡等技能。

这一年，天公作美，风调雨顺，再加上印第安人的指导和帮助，移民们获得了大丰收，终于闯过了生活的难关，过上了安定、富裕的日子。就在这一年秋天，已成为普利茅斯总督的布雷德福颁布了举行盛典感谢上帝眷顾的决定，这就是历史上的第一个感恩节。当然，他没有忘记为移民们排忧解难的真正"上帝"——热情、好客、智慧的印第安人，特地邀请马萨索德和他手下的印第安人前来参加节日庆典。

印第安人欣然接受了邀请，提前送来了 5 只鹿作为礼物。11 月底的一天，移民们大摆筵席，桌子上摆满了自山林中打来的野味和用自产的玉米、南瓜、笋瓜、火鸡等制作的佳肴。庆祝活动一共进行了 3 天，白天，宾主共同欢宴，畅叙友情。晚上，草地上燃起了熊熊篝火，在凉爽的秋风中，印第安小伙子同普利茅斯殖民地的年轻人一起跳舞、唱歌、摔跤、射箭，气氛非常热烈。

今天，在美国人心目中，感恩节是比圣诞节还要重要的节日。首先，它是一个长达 4 天的假日，足以使人们尽情狂欢、庆祝。其次，它也是传统的家庭团聚的日子。感恩节期间，散居在他乡外地的家人，都要赶回家过节，这已经成了全国性的习俗。此外，美国人一年中最重视的一餐，就是感恩节的晚宴。在美国这个生活节奏很快，竞争激烈的国度里，平日的饮食极为简单。美国的快餐流行世界，就是一个很好的说明。但在感恩节的夜晚，家家户户都大办筵席，物品之丰盛，令人咋舌。在节日的餐桌上，上至总统，下至庶民，火鸡和南瓜饼都是必备的。这两味"珍品"体现了美国人民忆及先民开拓艰难、追思第一个感恩节的怀旧情绪。因此，感恩节也被称为"火鸡节"。

美国第一任总统华盛顿就职声明中规定：1789 年 11 月 26 日星期四为第一个全国统一庆祝的感恩节。他指出，这一天应是祈祷和感谢上帝的日子，各派宗教都要庆祝这个节日，以鼓励人们共同继承祖先的精神。尽管如此，感恩节日期仍然很长时间未能固定，因为有些州不愿放弃自主权，认为规定感恩节日期是各州自己的权利。

有些人认为，最终将感恩节定为全国性节日的功劳应该归功于一个名叫萨拉·J. 黑尔的妇女。她是当时一家妇女杂志的创始人和编辑，曾在该杂志上发表文章，并给林肯总统写信要求正式将感恩节定为全国性节日。林肯总统采纳了她的建议，于 1863 年发表声明，再次将 11

月份的最后一个星期四定为感恩节。从此历届总统都按此行事。成了惯例。只有富兰克林·罗斯福总统曾在 1939 年宣布将感恩节日期改在 11 月的第三个星期四，即提前了一个星期，目的是把感恩节和圣诞节之间的距离拉远一点儿，以便鼓励人民节日购买。但是传统的习惯势力很大，1941 年美国国会又把感恩节的日期改回到 11 月的第四个星期四。

母亲节的由来

母亲节起源于美国。1906 年 5 月 9 日，美国费城的安娜·贾薇丝的母亲不幸去世，她悲痛万分。在次年母亲逝世周年忌日，安娜小姐组织了追思母亲的活动，并鼓励他人也以类似方式来表达对各自慈母的感激之情。此后，她到处游说并向社会各界呼吁，号召设立母亲节。她的呼吁获得热烈响应。1913 年 5 月 10 日，美国参众两院通过决议案，由威尔逊总统签署公告，决定每年 5 月的第二个星期日为母亲节。这一举措引起世界各国纷纷仿效，至 1948 年安娜谢世时，已有 43 个国家设立了母亲节。

法国首次庆祝母亲节是在 1928 年，节日定在 5 月的最后一个星期日。节日这一天，数以百万计的妈妈们，怀着喜悦的心情接受各自子女们的"节日愉快"的美好祝愿。

泰国于 1976 年宣布 8 月 12 日为母亲节。这一天也是泰王后丽吉的生日。节日里，全国要开展"优秀母亲"的评选活动。儿女们手持芳香馥郁的茉莉花，献给自己的母亲。

阿拉伯地区的许多国家的母亲节定在 3 月 21 日"春分"这一天。当地人认为"春分"是春天开始、一年之始，以此表示母亲的伟大。葡萄牙人的母亲节在 12 月 8 日；印度尼西亚则定在 12 月 22 日。

母亲节在我国是地区性节日，最早是在港澳台地区有此节日。改革开放后，母亲节也为内地所接受。广东省于 1988 年开始，杭州等城市于 1989 年开始，都由各级妇联组织母亲节的庆祝活动，并把评选"好母亲"作为节日的内容之一。

在母亲节，许多人将康乃馨赠给母亲，这是源于 1934 年 5 月美国首次发行母亲节纪念邮票。邮票上一位慈祥的母亲，双手放在膝上，欣喜地看着前面的花瓶中一束鲜艳美丽的康乃馨。随着邮票的传播，在许多人的心目中把母亲节与康乃馨联系起来，康乃馨便成了象征母爱之花，受到人们的敬重。康乃馨与母亲节便联系在一起了。人们把思念母亲、孝敬母亲的感情，寄托于康乃馨上，康乃馨也成为赠送母亲不可缺少的珍贵礼品。

父亲节的由来

世界上的第一个父亲节，1910 年诞生在美国。

1909 年，住在美国华盛顿州士波肯市（Spokane）的杜德夫人（Mrs. Dodd, Sonora Louise Smart Dodd），当她参加完教会举办的母亲节主日崇拜之后，杜德夫人的心里有了很深的感触，她心里想着："为什么这个世界没有一个纪念父亲的节日呢？"

杜德夫人的母亲在她 13 岁那一年时去世，遗留下 6 名子女；杜德夫人的父亲威廉斯马特先生（Mr. William Smart），在美国华盛顿州东部的一个乡下农场中，独自一人、父兼母职抚养 6 名子女长大成人。斯马特先生参与过美国南北战争，功勋标榜，他在妻子过世后立志不再续弦，全心带大 6 名儿女。

杜德夫人排行老二，是家里唯一的女孩，女性的细心特质，让她更能体会父亲的辛劳；斯马特先生白天辛劳地工作，晚上回家还要照料家务与每一个孩子的生活。经过几十年的辛苦，儿女们终于长大成人，当子女们盼望能让斯马特先生好好安享晚年之际，斯马特先生却因为经年累月的过度劳累而病倒辞世。

1909 年那年，正好是斯马先生辞世之年，当杜德夫人参加完教会的母亲节感恩礼拜后，她特别地想念父亲；直到那时，杜德夫人才明白，她的父亲在养育儿女过程中所付出的爱心与努力，并不亚于任何一个母亲的辛苦。

杜德夫人将她的感受告诉教会的瑞马士牧师（Rev. Rasmus），她希望能有一个特别的日子，向伟大的斯马特先生致敬，并能以此纪念全天下伟大的父亲。

瑞马士牧师听了斯马特先生的故事后，深深地为斯马特先生的精神与爱心所感动，他赞许且支持杜德夫人想推动"父亲节"的努力。于是杜德夫人在1910年春天开始推动成立父亲节的运动，不久得到各教会组织的支持；她随即写信向市长与州政府表达自己的想法与提议，在杜德夫人的奔走努力下，士波肯市市长与华盛顿州州长公开表示赞成，于是美国华盛顿州便在1910年6月19日举行了全世界的第一次父亲节聚会。

1924年，美国总统科立芝（Calvin Coolidge）支持父亲节成为全美国的节日；1966年，美国总统詹森（Lyndon Johnson）宣布当年6月第三个星期日，也就是斯马特先生的生日当天为美国父亲节；1972年，美国总统尼克松（Richard Nixon）签署正式文件，将每年的6月第三个主日，订为全美国的父亲节，并成为美国永久性的国定纪念日。

中国台湾的父亲节起源，要追溯到国民政府时代。1945年8月8日，上海闻人所发起了庆祝父亲节的活动，市民立即响应，热烈举行庆祝活动。抗日战争胜利后，上海市各界名流士绅，联名请上海市政府转呈中央政府，定"爸爸"谐音的8月8日为全国性的父亲节。

虽然今日一般人对于父亲节的庆祝活动，不像对母亲节一般的重视与热闹，但是上帝在《圣经》中教导我们对于父母的关爱是一致的，当母亲含辛茹苦地照顾我们时，父亲也在努力地扮演着上帝所赋予他的温柔角色；或许当我们努力思考着该为父亲买什么样的礼物过父亲节之时，不妨反省一下，我们是否爱我们的父亲，像他曾为我们无私地付出一生呢？